DET GÅR AN

CARL JONAS LOVE ALMQVIST

Det går an

Copyright © Jiahu Books 2013

First Published in Great Britain in 2013 by Jiahu Books – part of Richardson-Prachai Solutions Ltd, 34 Egerton Gate, Milton Keynes, MK5 7HH

ISBN: 978-1-909669-77-2

A CIP catalogue record for this book is available from the British Library

Visit us at: **jiahubooks.co.uk**

Första kapitlet

Ett intagande och märkvärdigt mellanting!
Lantflicka inte, bondflicka alls inte
—men inte heller riktigt
av bättre klass

En skön torsdagsmorgon i juli månad strömmade mycket folk förbi Riddarholmskyrkan i Stockholm, och skyndade utför backen emellan Kammarrätten och Statskontoret, för att i rättan tid hinna ned till Mälarstranden, där ångbåtarna låg. Alla hastade till Yngve Frey, sprang över landgången med snabbhet, ty tiden till avresan var redan slagen, och ångbåtskaptenen kommenderade "främmande från bord!"

De främmande tog därför ett snabbt avsked av sina bortresande vänner och gick tillbaka till stranden. Landgången drogs in och ångbåten lade ut. Efter några minuter var den långt borta på vattnet.

"Förgäves! det är för sent, min fru!" muttrade en och annan resande skalkaktigt mellan tänderna, då ett åldrigt fruntimmer sågs komma ned på Riddarholmsstranden, och med näsduksviftningar och häftiga åtbörder gav tillkänna, att hon var en passagerare, som borde med. Ingen slup fanns tillreds

5

vid landet, och ångbåten själv var kommen mitt för Owens, ja, sköt pilsnabbt förbi Garnisonssjukhuset.

Dock väckte det en viss, ehuru hastigt övergående rörelse hos de resande, då de hörde ett par halva utrop: "Moster! Moster!" ifrån en ung passagererska på fördäcket, vilken tycktes för skams skull inte vilja ropa högt, men som man dock förstod på ett ledsamt sätt hade blivit skild från en sin släkting, troligen ett påräknat och för henne angeläget resesällskap.

Men man är ofta så egoistisk, att man glömmer sin nästa; och folk, som köpt biljetter till salong och akterdäck, frågar inte särdeles efter vad som händer pöbeln därframme på fördäcket och vid skansen. De "bättre" resande utgjordes denna gång av äldre herrar, nästan allesammans med ledsamma ansikten. De åtföljdes av fruar och barn, inte just av allra yngsta slaget, men i den gängliga åldern då naiviteten förgått och ännu inte efterrätts av känsla och förnuft. Alla sådana människor är högst egoistiska, och det av begripliga skäl. De där väl uppfostrade barnen är vanligen så ur stånd att hjälpa sig själva, att de i varje ögonblick ropar på hjälp: än har kängbandet lossnat än en handske fallit i sjön, än är de hungriga, än törstiga, och hela världen står för dem i olag. Deras mödrar har därför mycket besvär, utom all möda de måste göra sig med sina egna kroppar, för att komma upp och ned i de trånga ångbåtstrapporna; och familjefäderna, slutligen, de försöker väl uppmuntra sig med snusning och tidningsläsning, men även detta tyckes knappt förslå. De kan inte ägna så mycket uppmärksamhet åt andra, emedan de har nog att syssla med sitt eget upprätthållande, sina fruar, sina barn; och framför allt måste de med stor omtanke överlägga, vad de kan våga förtära ombord, för att inte bli alldeles kaputt; allt av den naturliga orsaken, att då själens rena glädje, som är det bästa läkemedel emot kroppens opassligheter och svagheter, saknas, är man ständigt åtkomlig för vad som helst, och mår gärna illa både av vad man äter, och av vad man låter bli att äta. Många herrar här hade ännu lämningar av koleran i minnet. Inte underligt då, att var och en blott tänkte på sig själv, och med ett allvar i åtbörderna, som skulle ha anstått en romersk senator, överlade

6

begrundade, rådslog och slutligen, så vitt möjligt var, avgjorde planen för sin mat och övriga viktiga omständigheter under resan.

Om det bland salongspassagerarna funnits någon mansperson av yngre och ogift slag, så hade en sådan förmodligen haft tid att tycka synd om det stackars fruntimret på fördäcket, som blivit skilt från sin moster; åtminstone hade han utgrundat hur hon såg ut; och frågat efter hennes namn.

Denna gång fanns det bland det bättre folket på Yngve Frey ingen dylik mansperson. Men bland fördäckspassagerarna befann sig en lång och vacker underofficer—ja, utan förbehåll sagt, en sergeant—som, antingen av penningförhinder eller andra orsaker, på denna resa inte frågat efter att vara bättre än däckpassabel. Hygglig och städad, samtalade han dock med en och annan av salongsfamiljernas medlemmar. Han avvisades inte av dem; ty hans mustascher var mörka, uppböjda och nästan sköna; hans tschakot nätt nog för att inte misshaga fruarna; och en viss manlighet i väsendet gjorde, att de eljest förnäma och stela herrar-fäderna tillät sig samtala med en person, som tycktes medföra ett tyst löfte om att inte stanna inom underofficersgraden, utan med tiden beträda, om inte en kaptens eller majors, dock en löjtnants bana.

Den unge, hygglige sergeanten hade på fördäcket varseblivit henne, som skilts ifrån sin moster; och det väckte hans uppmärksamhet, att hon vid avresan stått i en liten nätt fruntimmershatt av vit kambrik, men efter en stund låtit hatten försvinna från huvudet, visande sig i stället nu med en silkesschalett över hjässan, såsom "jungfrur" bruka. Frågades alltså: var denna passagererska mamsell eller jungfru? och, i vilketdera fallet, hur kom det sig, att hon bytt huvudbonad?

Sergeanten, intresserad för henne genom hennes första missöde, började allt mer och mer hålla sig på fördäcket, dit han också rättvist hörde, och han övergav allt mer och mer samtalet med salongsnoblessen. Mig förefaller det, sade han till sig själv, att denna vackra flicka är mamsell—från någon landsort troligen—och befinner sig på väg att fara hem, åtföljd

7

och skyddad av en äldre släkting, men som av sin kaffekopp hindrades att i tid hinna ned till ångbåten. Då detta hände, bortlägger flickan hastigt utseendet av mamsell, genom hattens avtagande, så att hon må undvika det oskickliga i att resa utan beskydd; och med schalettens påsättande gör hon sig i stället till jungfru, i likhet med de övriga fyra à fem jungfrurna här framme på fördäcket, varefter hon som sådan kan resa fram hela Mälaren åtminstone, utan förtal, fast utan moster.

Grundligt tänkt, eller inte, fäste sig likväl sergeanten vid detta lilla uppträde. Det förekom honom alltid oavgjort, om flickan var bättre eller sämre folk i sig själv; hon var emellertid ganska nätt och snygg i sin mörkblå kapott. Den stora silkesduk av fint, ljusrött, skärt, nära vitt sidentyg, med några smala, gröna ränder här och där, vilken hon knutit under hakan, och smakfullt ordnat till huckle över sin kam i nacken—eller, som det fordom kunde ha hetat, slöja—behagade sergeanten, och kom honom inte att längta tillbaka efter kambrikshatten. Han gick ned till kaptenen för att hämta upplysning om hennes namn. Efter en stunds ögnande på passagerarlistan, befanns hon heta Sara Videbeck, och vara glasmästardotter från Lidköping. En ovanligt omständlig underrättelse på en ångbåtspassagerarelista! Men den kom sig därav, att hon hade pass med sig, som annars ångbåtsresande sällan medför, och att hon ägt ordningssinne nog att åt kaptenen under resan avlämna sitt pass, till all möjlig säkerhets vinnande för sin person.

Sergeanten satt i många tankar nere i matsalongen—märk matsalongen! Det är den, dit fördäckspassagerare, åtminstone de av tillräckligt mod och hurtigt utseende, får tränga in vid matstunderna. Det var nu ungefär frukosttid, eller kunde lätt bli det, ifall man rekvirerade en portion. Sergeanten tänkte så här. En glasmästardotter från Lidköping—det är en småstad, långt, långt bort ifrån Stockholm. En mamsell? på sätt och vis, ja. En borgardotter, dock av ringaste borgarklass. Ett intagande och märkvärdigt mellanting! Lantflicka inte, bondflicka alls inte—men inte heller riktigt av bättre klass. Vad skall en sådan egentligen anses för? vad kallas? Det är någonting outgrundligt i denna mellansort. Låt se—tag hit en biffstek!

Frukosten utgjorde en skicklig paus i sergeantens irrande och outredda tankegångar. När biffsteken slutats, fortfor han för sig själv: Minsann, för tusan fan, det är just som jag. Vad är par exemple jag för en? Inte soldat. Inte officer. Inte sämre folk, och inte riktigt bättre heller. Låt mig se—djävulen—tag hit porter!

Efter portern steg sergeanten upp, strök sina mustascher i krokar, spottade djupt in i vänstra salongshörnet, och betalade sin frukost. Hm! tänkte han, Sara—Vid—Vid—har ingenting förtärt på morgonen. Jag har lust att gå upp på däck och se efter om hon kan talas vid, eller bjudas? om hon par exemple kan äta?—Sergeantens tankegångar (nu, som förut, litet irrande) slutade inte heller denna gång, utan upplöstes i en paus. Stövlarna besågs och befanns blanka, tschakoten renborstad och galant. Med två elastiska skutt uppför trappstegen var den unga, "slanka" krigaren snart åter på däck, såg sig om, och tog sikte på fartygets förstäv.

Det första hans ögon där föll på, var en samling dalkullor, stående framför de förut omtalade fyra à fem jungfrurna, bland vilka ett skärt huvud också höll sig, samt slutligen ett par beckiga maskinister. Sergeanten nalkades. Han hörde dalkullorna bjuda ut tagelringar, svarta, vita, gröna, röda, med namn och minnesord konstfullt inlindade. De ville att jungfrurna skulle köpa, men jungfrurna var barska och prutade. Henne, med skära hucklet, hörde sergeanten inte just pruta, men han såg henne med mycken noggrannhet välja bland tagelringarna, och slutligen fästa sig vid en slät, svart och vit, utan all inskrift. Dalkullan sade sitt pris, 6 skilling. Det skära huvudet nickade bifall, varpå en liten börs—en pung, stickad av grönt silke—togs upp ur kapotten, och ett silvermynt visade sig inne i handen, liggande helt nätt ovanpå handsken, couleur de lilas. Silvermyntet var av Sveriges minsta sort, 12 skilling. Kan du ge mig tillbakars 6 skilling på denna härne? sade en angenäm röst, med en västgötabrytning av det vackrare slaget, och en liten skorrning på r.—Sex skilling i löst?

inföll dalkullan, ack, söta jungfrun det har jag visst inte, men köp så gärna två ringar av mig, så går det jämnt till 12 skilling. Köp! köp!

Nej nej men! hördes ifrån det nätta huvudet. Sergeanten, som stod bakom och blott såg nacken, hade inte annat märke på att svaret kom ifrån henne, än att huvudet höjdes framåt litet.

Sergeanten steg nu muntert fram och sade: Tillåt, mamsell Vid —(han hejdade sig)—tillåt, hm, att jag köper de där två tagelringarna av den stackars dalkullan. Han lade en tolvskilling i dalkullans hand och tog utan vidare omständigheter de bägge svart-och-vita ringarna, som kullan höll upp i luften framför jungfrurna, i hopp om handel. Den skära såg litet förundrad upp på militären. Men han, inte brydd, tog genast den ena ringen, som hon förut hade valt, gav henne den och sade: Var det inte denna, som mamsell Sar—hm —var det inte just den här, som behagades? var så god, tag och behåll den. Jag själv behåller den andra.

Flickan såg på honom med—såsom han tyckte—ganska vackra ögon. Ringen, som han räckte henne tog hon väl i häpenheten, men då han förmodade, att hon skulle sätta den på fingret, vilket hon själv ämnat den åt, märkte han, att hon i stället, utan att säga ett ord, drog sig sakta bort till relingen och släppte ringen i sjön.

Prosit sergeant! sade han till sig, då han varseblev denna rörelse. Det vill säga så mycket, som att jag är ordentligt avbiten. Bravo junker! varför skulle jag kalla henne mamsell, då hon anlagt huckle och vill vara okänd? Man kallar en sådan du, snarare, om så skall vara: och varför bjuda en obekant flicka en ring? och det på däck? Fy skock, Albert!

Han gick till den motsatta relingen och kastade även den andra tagelringen som han redan satt på sitt eget finger, i sjön. Därvid spottade han på salut-kanonen, som låg nära vid. Så spatserade han ett slag över däcket fram till aktern, och när han åter nalkades fördäcket, ville det sig, att han kom mitt emot den skära okända, som stod och såg på maskineriets rörelse.

—Ser du, sade han och höll fram sina händer, jag har också kastat min ring i sjön. Det var det bästa vi kunde göra.

Först ett skarpt mätande från topp till tå, strax därefter likväl ett knappt märkbart, men ganska gott leende, en fint sprittande min, som genast försvann, utgjorde hennes svar. Är ringen i sjön? å då! tillade hon.

—Jag hoppas en gädda redan har slukat honom, sade sergeanten.

Min tog en stor abborre.

—När nu, återtog sergeanten och böjde huvudet, gäddan slukar abborren, som jag hoppas snart sker, så kommer ändå de bägge ringarna att ligga—under samma hjärta! Det sista utviskades med en öm dragning på orden, men som alldeles misslyckades för sergeanten. Flickan vände sig tvärt bort utan att svara, och blandade sig med de övriga jungfrurna.

—Prosit junker! sade han till sig själv. Avbiten på ny stat! och varför tala om hjärta? och på däck! Men ett gläder mig: hon misstyckte inte, att jag vågade ett du till henne. För den skull och alltså, aldrig mamsell mera!

Han gick ned i matsalongen och handlade sig en cigarr, som han också tände, kom upp igen satte sig med hög och fri uppsyn på sin koffert, drog långa rökmoln ur cigarren, och såg superb ut.

Han märkte att den behagliga glasmästardottern flera gånger liknöjt gick förbi honom, stundom jämkande på den skära silkesknuten under hakan och fingrande på de gentila halsduksspetsarna, som föll ned över bröstet. Hon talade livligt med de andra jungfrurna och syntes högst ogenerad.

Cigarren, likt mycket annat i världen, tog slut. Sergeanten kastade den lilla stumpen, som ännu glödde, bort ifrån sig, med avsikt att få den i sjön. Men stumpen var så lätt, att den blott nådde ett stycke fram på däcket, låg där och rykte. Vips kom en fot, med den allra nättaste blanka känga på sig, och trampade ut den, så att den slocknade tvärt. Sergeanten höjde sina ögon från foten upp till personen, och såg den obekanta. Hennes ögonkast mötte hans. Sergeanten skyndade upp från sin koffert, gick fram till henne med en artig bugning och sade: Tack, söta jungfru! min cigarr förtjänade väl inte att röras av jungfruns fot—men—

En kall och avvisande min var svaret; hon vände honom ryggen och gick.

Så må fan ta henne!—med den tanken hoppade sergeanten rodnande och förstämd ned utför trappan till matsalongen. Här kröp han in i det mörkaste hörnet, passande för sömn eller betraktelser. Anfäkta, Albert! tänkte han och strök luggen ur pannan. Jag kallade henne jungfru; det fördrog hon lika litet, som då jag förut skällde henne för mamsell. Rackartyg!

Han var inte ensam i salongen; han talade därför varken högt eller halvhögt. För att dock hastigt visa både sig själv och de övriga sitt mod, ropade han strängt och barskt till mamsellen vid luckan: Smörgås med salt kött på! och det genast!

Skänkjungfrun kom fram med det begärda på en bricka.

—Drag åt helvete med sina smörgåsar! har jag icke begärt en på franskt bröd?

Lydig och beskedlig gick hon tillbaka med brickan, och satte en av sina knäckebrödssmörgåsar vid skänken.

—Ett glas haut-brion, mamsell! och låt mig vänta mindre.

Glaset slogs i och sattes på brickan jämte en ny smörgås på ett helt franskt bröd[1].

—Är jag gjord att gapa över ett helt bröd, tror hon? I Stockholm har man det vettet att klyva franska bröd och breda smör på vardera halvan.

Skänkjungfrun gick åter tillbaka, tog en kniv och började klyva smörgåsen.

—Jag ber—satans—var så god och tag ett nytt franskt bröd, klyv det, och bred smör på vardera insidan; varsågod. Där sitter ju smöret på utsidan? Tag ett nytt bröd! Vad man får vänta! Anfäkta—kasta bort alltihop, jag är inte hungrig.

Mamsellen vid skänken mumlade litet vasst om förnäma resande. Detta tyckte sergeanten inte så alldeles illa om, gick fram och betalade smörgåsarna.—Jag har beställt dem, sade han, se här är pengar.

Man är orolig i magen—ja ja men! yttrades av en svartklädd passagerare. Sergeanten vände sig om, såg kragar, och kände igen det bleka, men skinande ansiktet med de bägge ljusblå, trinda fågelögonen på kyrkoherden i Ulricehamn.

—Aha, ödmjuka tjänare! det är ju herr kyrkoherden Su—— stadd utan tvivel på nedresa?

Ja ja men.

—Jag far också till Västergötland, men det betyder inte hem för mig, utan bort, sade sergeanten och grep mekaniskt sin stora,

---

1 Det ovanliga fall, som här inträffade, att en skänkjungfru breder på en knäckebrödssmörgås, och, när hon sedan billigt påminns om att göra den av franskt bröd, tar till ett helt sådant, utan att klyva det, utgör ett talande bevis på beskedligheten hos restauratörer och -triser, att låta okunniga flickor långt bort från landsorten även någon gång få försöka. Bildningens första steg är ofta svårt, och man får snäsor. Må då var och en bemanna sig och gå till väga med ett ädelt tålamod, såsom här!

13

klandrade, men betalade smörgås på hela brödet, gapande hurtigt över den.

Så går det, sade kyrkoherden, den ene reser upp, den andre ner. Jag skall till Ulricehamn.

—Ja, och—(sergeanten tömde sitt hautbrionsglas, som stått och väntat på brickan).

Så länge en har hälsan, är det hälsosamt att fara fram och åter så där, anmärkte kyrkoherden.

—Å, det går, ja—(sergeanten svalde nu det sista av sin beställning).

Lämnar herr sergeanten Stockholm på lång tid?

—Jag har tre månaders permission. Får jag lov att bjuda på ett glas, herr kyrkoherde? vad befalls? porter? eller portvin?

Jaja men, magen är orolig på Mälaren. Om det så skulle vara, posito portvin! eller porter!

Sergeanten befallde fram bäggedera; och kyrkoherden, ur stånd att avgöra företrädet, drack ur bägge två; han slutade med den varmaste och gästfriaste inbjudning till den unga militären, att hälsa på i Ulricehamn och Timmelhed, för att taga sin skada igen.

Sergeanten bugade sig, betalade det rekvirerade, och sprang upp på däck igen, med muntert sinne.

När han såg sig om på kusterna, förbi vilka ångbåten strök, märkte han att den nu var nära att anlöpa Strängnäs. Den stora domkyrkan synes för segelfarare redan på långt håll, och dess majestätiska torn behärskar Södermanlandsnejderna vitt och brett. Först då man kommer närmare, upptäcker man en skara små röda trähus, osymmetriskt hopade under kyrkan, och endast det rödrutiga gymnasie- och skolhuset gör genom sin höjd ett avbrott ifrån de övriga liderformiga rucklen. När man slutligen anländer till den gamla söndriga bron och stannar, så säger man till sig själv: detta är Strängnäs.

Andra kapitlet

Här är inte tecken till förnämt, varken av den högadliga riddarhussorten, inte heller av det penningadliga hos ett rikt och stolt borgerskap, inte heller av det urförnäma, som finns hos den självständiga delen av bondeståndet.

Passagerare, som tittar upp ifrån landgångsbryggan, har inte en hamn, en plats framför sig, inte heller en reell gata, utan en backe; och de flesta husen är oartiga nog att vända gavlarna åt en. Inte desto mindre och medan ångbåten dröjer kanske en halv timme, går man i land. Man möts väl inte här, som i Södertälje, av kringlor; dock, om man kliver försiktigt, då man sätter sin fot på bryggan, ser sig för och inte stiger ned sig i hålen mellan de murkna plankorna, så kan man komma upp till staden med livet.

Detta var vad som inträffade med sergeanten och med en till. Då han nämligen stod på fördäck och såg landgången läggas ut, märkte han ett litet stycke ifrån sig det skära huvudet se upp emot den lilla staden med tindrande ögon. Hastigt rann frimodigheten på honom; han beslöt undvika alla de där farliga orden, jungfru, mamsell, och över huvud varje titel.

—Ett ord! sade han, och vände sig otvungen till henne: ett ord! vi går i land, kom! här på ångbåten är nu bråksamt, de skall langa in ved och ha annat krångel för sig. Nere i matsalongen är det också ruskigt: det är obehagligt att äta där för—hm—jag vet ett mycket hyggligt och bra ställe här uppe i Strängnäs. Frukost tycker jag skulle kunna smaka nu efter en så lång fasta?

Hon lät honom utan omständigheter ta sig under armen, gick över landgången, slöt sig nära till honom på den äventyrliga bron; och—nu stod de i Strängnäs.

Vad jag tycker om den här lilla staden, sade hon otvunget och kastade glada blickar omkring sig. Det är helt annat än Stockholm!

—När man kommer närmare in, är det verkligen rätt hyggligt, genmälte sergeanten.

Se—se! fortfor hon. Ack, jag andas—men—åja—ja—jojo—Lidköping är ändå vackrare.

Den unga militären, förtjust över att i hast och nästan mot förmodan höra sin bekantskap vara en språksam människa, började själv finna Strängnäs ganska trevligt. I själva verket är det så också. Allt är utan anspråk. Man kommer upp från sjön och beträder idel krokiga, smala gränder eller gator, som slingrar sig över backar. Den sturska rakheten syns inte till i detta samhälle. De små husen är gamla, vänliga; och man finner snart att de inte bara har gavlar, utan även långsidor med täcka fönster på, och till och med portar, där man känner sig hågad att stiga in. Här är inte tecken till förnämt, varken av den högadliga riddarhussorten, inte heller av det penningadliga hos ett rikt och stolt borgerskap, inte heller av det urförnäma, som finns hos den självständiga delen av bondeståndet och visar sig i dess sätt att vara: nej, här ses allenast det medborgerliga av anspråkslösaste slag. Man tror att alla husen tillhör skutskeppare, glasmästare, borstbindare, fiskare.

Klart är, att härmed förstås bara det Strängnäs som möter den ifrån sjön uppstigande passageraren, och omgiver honom innan han kommer så långt som till domkyrkans upphöjda, trädbevuxna kulle, i vars grannskap biskopshuset och några till antyder en högre värld. Men sergeanten, med sin glasmästarflicka under armen, hade ännu inte gått åt höjderna. De hade inte en gång gått till torget. De hade, till följd av hennes utrop om det lilla huset med de vita luckorna, stannat i den märkvärdiga Strängnäs-labyrint av små krokiga gator och hus, som befinner sig mellan sjöstranden och torget. Här förde han sitt sällskap till en hög trappa, som från själva gatan ledde utför och ned till en gård. Över gården gick de till husets port.

Här, viskade sergeanten, bor den rika färgaren, som tillika håller en artig och proper restaurang. Vi skall få se hur snyggt de har.—Flickan andades som i sitt eget hem, ehuru hon ofta tillade, att Lidköping var ännu vackrare.

De steg över farstukvisten och kom in i huset uppför en trappa igen, vilken ledde till ett stort rum i andra våningen med skänk uti. Det var således ett slags värdshus, begrep Sara Videbeck. Sergeanten gick fram till en snygg och gladlynt person, som torkade tallrikar innanför disken. Låt oss få ett av smårummen här—det där till höger—eller det där till vänster—lika gott—och frukost. Vad finns?

Hallon och grädde.

—Något stadigare?

Stekta morkullor—färsk lax—

—Låt så vara; men låt det gå fort. Och (viskade sergeanten, i det han förde in sin bekantskap i det vänstra smårummet, men i dörren fortfor att tala till människan med tallrikarna)—ett par glas körsbärsvin!

När de bägge trätt in i det lilla rummet, och för trevlighetens skull—ifall flera skulle inkomma i salstugan—stängt dörren, tog Sara Videbeck av sig silkesschaletten och visade ett huvud, prytt med mörkbrunt, glänsande hår, väl benat, utan löslockar vid tinningarna (sergeanten påminde sig, att de försvunnit tillsammans med kambrikshatten); men ett par egna, likväl, och ganska nätta, sittande bakom vartdera örat. Även handskarna—couleur de lilas—drog hon av och blottade två små vita, fylliga händer, som aldrig tycktes ha sysselsatt sig med grovt arbete, men kunde tåla den anmärkningen att vara litet breda, försedda med fingrar, som, fastän innerligt behagliga och prydda med små gropar upptill i lederna, dock var en smula tjocka. Att dessa fingrar aldrig spelat luta, rört tangenter, fört penslar, eller vänt om blad i fina böcker (vartill fordras smala, smidiga fingertoppar), det tog sergeanten för avgjort; ännu säkrare var, att de aldrig fört spaden, mockat, bultat kok eller dylikt; däremot lämnade han osagt, om de inte i sina dar knådat kitt, ty kitt gör vitt och mjukt skinn. Så pass om händerna. Personen i övrigt var annars alls inte kort eller trind, utan ganska smal och snarare litet långväxt.

Flickan satt inte förlägen på tu man hand med sin sergeant. Hon bröt av en liten lavendelkvist ur en kruka i fönstret, gnuggade den mellan händerna och luktade sedan på sina fingrar med välbehag. Sergeanten, för att inte vara sysslolös, bröt av ett blad geranium och gjorde därmed för sin del på samma sätt.

Ett vackert och just ett nätt rum! utbröt hon. Ja, och se en så galant dragkista. Är det valnöt måtro, eller ek? nej, det är visst polerat päronträd—kan det vara apel?

Sergeanten, som aldrig varit hemmastadd i snickarverkstäder, kunde inte ge besked om det. Men i stället vände han sig till ett annat föremål och utbrast: Minsann! bred, förgylld ram kring spegeln! Men det är nu avlagt; bör vara mahognyram.

Mahognyram? Å då! jag vet vad som är bättre: att göra själva ramen kring spegeln av glas med: av smalt, klart kronglas, strimlor, som blivit över sedan man skurit rutorna. Sådant sätter man ihop till hela ramar och lägger målat papper under: det blir vackra ramar. Se nu: då är det så, att man speglar sig i själva spegeln, men på ramen ser man för sitt nöjes skull, och man kan lägga vad slags papper man vill under; det kan bli riktigt vackert. Har—har—har—inte sett det?

Hon syntes härvid i litet bryderi vad hon skulle kalla honom. Men just nu kom det beställda in: en mjällvit, fast inte fin servett lades på bordet, och därovanpå sattes nytorkade tallrikar.

Men tänk om de reser ifrån oss med ångbåten?

18

—Ånej, svarade sergeanten. Dessförinnan skall skjutas signal[2]; och sedan skottet brunnit av, hinner vi alltid ned till stranden.

Hon, som burit in anrättningen, hade nu åter gått ut, och dörren var stängd. Sergeanten tog sitt glas körsbärsvin i hand och sade: Skål på resan!

Sara Videbeck tog utan omständigheter det andra lilla glaset, klingade med sin värd, nickade fryntligt och sade: Tack!

—Ett ord, så gott som två, innan vi dricker, inföll sergeanten. Det är hinderligt och förargligt att inte veta vad man skall kalla varann—och sedan så—jag vill aldrig göra någon ledsen, ond eller stött—och—par exemple skulle vi inte kunna kalla varann—par exemple du—så länge vi äter åtminstone eller—

Du?—ja, det må vara sagt. Med dessa ord klingade hon ännu en gång, saken var uppgjord, och körsbärsvinet dracks.

Sergeanten blev som en ny människa, sedan denna sten fallit från hans bröst; han steg omkring i rummet, blev dubbelt otvungen, glad och förekommande. Men den vackra glasmästardottern, däremot, undergick inte ringaste förändring. Hon satt vid bordet, åt och tog för sig, visserligen på ett rätt behagligt sätt, men någon högre grace syntes inte mycket i dessa åtbörder. Hon kallade sin nya bekante du i vart åttonde ord, utan allt hinder av blyghet eller förnämhet. Hon syntes oändligen hemmastadd.

Sergeanten, som, åtminstone i avseende på fasonerna, kände sig överlägsen, var desto lyckligare av denna känsla, och sade: Bästa Sara, litet mera hallon? den här grädden var ju ganska god?

Präktig! tack! jag minns därnere vid Lunds brunn i fjol somras —

Han gick ut och beställde mera hallon.

---

2 Detta brukas inte nu vid avresan från en stad, blott vid ankomsten.

I detta ögonblick smällde signalskottet från ångbåten.

Se så, sade hon, steg upp och satte handskarna på sig. Ge hallonen återbud.

—Bästa Sara, sitt! hallonen kommer genast, nog hinner vi dit ner till stranden.

Nenej! precis är bäst att vara. Fråga vad det kostar? tillade hon, satte schaletten på sig och drog upp en näsduk, varur börsändan framstack.

—Vad? inföll sergeanten; det är jag, som—Fort, fort! Hon gick nu själv förbi honom fram till disken i salstugan, och frågade vad anrättningen kostat.

—En rdr 24 sk.

Här, kära mamsell! (hon tog upp ur sin gröna silkespung) är 36 skilling för min räkning: det gör hälften. Adjö, jungfru! nickade hon därefter åt uppasserskan, som burit in.

Nicken, både åt mamsellen och jungfrun var vänlig, men av det överlägsna slaget, och tycktes innebära, att hon inte rätt synnerligen efterfrågade någotdera slaget.

Sergeanten, å sin sida, bleknade och ville stamma fram, att det var han som hade bjudit, och han skulle prompt betala. Men Sara Videbeck var redan i dörren; tiden tvang; han erlade sina 36 sk. bet sig i läpparna av förargelse och gick ut efter.

Då de kommit på farstubron, gått över gården och skulle stiga uppför trappan till gatan, gjorde hon en liten rörelse, varav kunde slutas, att sergeanten borde ta henne under armen. Det gjorde han också.

Tack du, som förde mig till detta hyggliga ställe! yttrade hon halvhögt med den vackraste röst, och rörde hans hand med sin, liksom till en sakta klappning. Bor en rik färgare här, du? hå kors!

—Inget att tacka för, svarade han. Du betalade ju själv! tillade han inom sig med grämelse.

Jo, du skall ha mycken tack: jag var rätt hungrig. Beskedligt och nätt folk är det här vart man vänder sig: och den här staden heter Strängnäs?

—Ja. Jag skulle så gärna vilja föra dig upp till domkyrkan för att se de större delarna av staden; där har man vackra, skuggrika träd att spatsera under.

Å lappri. Nej, vi måste ned till ångbåten. De väntar redan.

Under det de nu med muntra steg gick genom de korsande gränderna, vinkade Sara med välbehag åt alla de små knutarna, hon gick om; och, rätt som det var, yttrade hon:

—Hur vet du, att jag heter Sara? Jag skulle också vilja veta vad du har för något till förnamn?

Albert, svarade sergeanten.

—Alber—låt mig se?—ja, det är riktigt: det har jag läst i almanackan, eller hur? Jo, så döptes också snickarålderman Ahlgrens son, som jag stod fadder åt i fjolsomras. Han är en rar gosse, skall du se, Albe; blank i ögonen som emalj.

Du är ju hemma i Lidköping? och reser förmodligen dit nu? tillät sig sergeanten att fråga.

—Försiktigt! kliv försiktigt! sade hon, för de var just nu på den bräckliga bron. Men utan fara kom de in över landgången och befann sig på nytt i ångbåtens värld. Man gick ifrån land, hjulen började välva sig omkring; rökmoln och ett dovt dån utgjorde den simmande drakens avsked från Strängnäs.

Tredje kapitlet

Den, som vill skära glas, min herre, han måste ha diamant!

Sergeanten hade bestämt satt sig i sinnet, att han skulle visa sin bekantskap en artighet. Han gick därför ned i matsalongen

och begärde ett skålpund konfekt. Fanns aldrig till salu på
ångbåtar, svarades det—Så för fan! finns här då apelsiner? sånt
tycker jag ligger där framme i korgen?—Ja.—Gott, ge mig fyra.

Då han kom med sin frukt i handen, fann han däcket på
följande sätt upptaget och ordnat. Större delen av det bättre
folket—herrarna, fruarna och barnen—hade gått ned i
salongen. Några par satt väl på akterdäcket, men inte just i
livligt samtal, fast inte heller alldeles sovande, dock i full
ouppmärksamhet på allt vad som omgav dem. Dalkullorna,
längst framme vid förstäven, syntes nedlutade över de
ringlagda trossarna, och slumrade. De fyra à fem förut
omtalade jungfrurna hade samlats med ryggarna emot ett till
hälften uppvecklat segel. Kaptenen var förmodligen i sin hytt;
han sågs inte på däck. Maskinisterna gick på i ergastulum. Var
är då min skära? frågade sig sergeanten.

Han upptäckte henne slutligen sittande på en grönmålad
spjälsoffa, som stod vid relingen i nischen bakom ena
hjulöverbyggnaden. Sergeanten fann en så avskild plats ganska
angenäm, gick dit med sina apelsiner, satte sig bredvid henne
och bjöd.

Hon nickade ett gott bifall och tog upp sin börs.

—Så för miljoner hundra sjutton granater! tänkte sergeanten,
med blodet uppstigande i ansiktet: hon måtte väl inte nu bums
och kontant vilja betala mig för apelsinerna? Det här lägre
borgerskapet ger jag ...

Så illa blev det heller inte; hon tog ur sin virkade penningpung
upp en kniv med pläterskaft, och skalade med den en apelsin,
som hon artigt räckte åt Albert. Sedan skalade hon en åt sig,
skar den i sex delar och började låta sig väl smaka.

—Tack, bästa Sara! sade Albert och tog emot sin apelsin. Därpå
begärde han och fick låna hennes kniv till sönderstyckande av
sin frukt. Han besåg kniven med en viss undran; den var
utmärkt trubbig, ja alldeles rund i spetsen, utan att dock likna
en bordskniv. I övrigt var den ny och tämligen vass på ena

sidan. Han brydde sig inte vidare därom utan sade efter en liten stund: Nu, Sara, måste vi bli närmare bekanta, och du skall säga mig hur nära släkt du är med din moster, hon där, som ...

Inte kom med i morse? Det blir inte svårt att säga, kan jag tro, hur pass nära släkt jag är med min moster.

—Javisst, men ...

Ja, jag är rätt ledsen att hon inte hann med, stackars moster Ulla; hon har nu fått lov att ta sig egen skjuts, eller fara på Göteborgsdiligensen; och man får se var vi kan sammanträffa på vägen, om det alls sker. Kanske dröjer hon nu kvar i Stockholm, då det gick så där tvärt för henne vid själva utloppet. Jag har en annan moster till, skall du veta, en ogift, heter Gustava; hon bor i Lidköping och ser om min sjuka mor, medan jag är bortrest. Men den här moster Ulla har länge varit Stockholmsbo, och hon skulle nu bara resa åt hemorten med mig för att ruska på sig litet; och det var dumt, att hon skulle försöla sig; men det gör hon ofta, stackars moster Ulla. Jag var också ledsen för min egen räkning; det är alltid gott att ha en moster, eller så, med sig när man färdas. Man jag var säker, det skulle inte slå mig felt att träffa någon resande ändå på vägen, som—ät själv, Albe! inte äter jag ensam upp alla de här.

—Tack, sade han, glad att även få yttra ett ord. Färdas du ofta till Stockholm? Det är minsann en lång väg emellan Stockholm och Lidköping?

Jag har aldrig varit till Stockholm förr. Jag behövde det nu, för att falka på olja och diamanter, och bese det nyaste modet.

Sergeanten såg undrande på flickan och teg. Olja? tänkte han. Jag måste helt och hållet ha misstagit mig om hennes beskaffenhet. Hm! Det nyaste modet? Han mätte hennes figur från topp till tå; den var minsann också rätt elegant, nämligen i sitt slag. Slutligen yttrade han halvhögt: Diamanter?

—Ja, just diamanter, min herre! Ha ... ha ... du tror kanske, att flinta duger, du? Nenej men. Att slå eld med, likasom i ett gevärslås, det går flinta an till, men se, den som vill skära glas, min herre, han måste ha diamant!

Hennes ögon öppnade sig och glimmade vid dessa ord liksom av en medfödd, hög självkänsla. Hon syntes nästan stolt, ehuru stolthet aldrig annars visade sig i hennes blick, utom vid de tillfällen, då hon vände någon ryggen. Också sjönk hon genast ned till förtrolighet igen, då hon märkte att Albert var på väg att i häpenheten tappa apelsinen. Hon tillade: Vi har alltid tagit kritan ifrån Göteborg annars, och kunde ha gjort så med oljan också men min mor fick brev om, att den skulle fås för 12 skilling bättre per kanna i Stockholm, och så roade det mig att fara hit upp och höra efter, då jag hade en moster här förut att bo hos. Men det nya modet, som de talade så vitt om i Lidköping, hur de nu uppe i Stockholm skulle ha hittat på att färga glas till kyrkfönster, det bryr jag mig inte om. Inte har jag sett sådant i Stockholm; jag besökte med flit alla kyrkorna i den staden, och det var inget lätt arbete, ty de var odrägligt många; men där fanns inte färgat glas i en enda. Jag vet inte var den osanningen är kommen ifrån, om inte från Uppsala, där en assessor lär hålla på att måla fönstren i ett altarkor. Jag ville eljest lära mig det; ty vi har många beställningar av kyrkfönster både till—ja—och ända ned emot Skara. Ty i Skara finns det ingen människa, som kan hantera glas, och jag visste det skulle bli en stor och artig förtjänst, om vi kunde färga glas på verkstaden. Vi skulle då vara de enda, så nära, som hade makt med det nya modet; och de skulle ta av oss, så fort något spräcktes i kyrkorna. Men lik'om det; jag hör att det modet brukas ingenstans, och då är det heller ingenting värt. Diamanter fick jag rara, så jag är ganska nöjd med resan; och olja sen ...

Men vartill i Guds namn brukar du så mycken olja?

—Till kitt, vet jag. Vartill skulle väl olja här i livet annars vara?

Men varför reser inte din far själv i så viktiga och långväga affärer?

24

—Å min Gud! han är död för sex år sedan. Det var en annan sak.

—Och min mor, stackare, har stått för verkstaden sedan, med rättigheter som änka, förstås; men hon har på hela två år legat till sängs jämt, så jag kan säga att det är jag, som ensam står före.

Men säg mig, vackra Sara, hur gammal par exemple är du då, ifall jag törs fråga?

—Tjugofyra år och litet till.

Vad? är det möjligt? jag tog dig för aderton år. Sådana kinder—denna hy ...

—Ja, desamma kinderna gick jag med vid aderton år. Man säger, att fiskalsdöttrar, mamseller och fröknar giva sig ut för yngre än de är, såsom jag hörde de brukade vid Lunds brunn; men jag finner föga heder uti, att se gammal ut vid ett ungt åratal. Då håller jag vida bättre, att göra tvärt om. Hur pass till åren är ... om jag törs fråga?

Jag? vi är nästan jämnåriga; jag är tjugofem år.

—Och jag, som tog dig för en person om sina nitton år allenast, vilken ännu inte passerat graderna. Så frankt bär du dig åt.

Graderna? ja, kära du, för att vara uppriktig, dem har jag inte ännu passerat och kommer kanske aldrig så vida.

—Vad ... vad är du då för en?

Blott underofficer.

—Sådana har jag förr sett bland Skaraborgarna, och det var hederliga karlar. Jag minns vid Lunds brunn ... där gick dagdriverskor till mamseller och låtsades dricka hälsovatten för ett och annat: då var där också en svärm Västgötadals- och Skaraborgslöjtnanter, kaptener, majorare, och dylikt som de kalla officerare, vilka även låtsade må illa och talade med mamsellerna. Men såg jag nånsin vid Lunds brunn några underofficerare, så var det alltid rejäla karlar med verkligt ont, och som inte drack för nöjet.

Men vad gjorde du då vid Lunds brunn, Sara? du, såsom frisk, hade väl bara rest dit att njuta av den sköna naturen?

—Jag var där bara en dag, och hade min profit av askar. Jag måste färdas dit för att se efter ett par av våra lärpojkar, som blivit efterskickade att sätta i en hop rutor i brunnssalongen, som blivit utslagna under en besynnerlig bollkastning, brunnsgästerna emellan, på den 4 juli. Man är aldrig säker för pojkarna; de slår sönder varan; så förstår de inte heller att skära; illa hanterar de diamanten. Som det nu var ett betydligare arbete, for jag själv dit och ångrar det inte. Vad tycker du, Albe? jag satte i 56 smårutor, 22 av sämre grönt glas och hör! ... 34 av skönt taffelglas. Dessutom sålde jag tio glasaskar, sådana som endast vi gör på verkstaden, med guldpapper under till lister; och sex stora lanternor, som de skall ha att lysa sig med, när de går i källarna efter selsevatten, och spa, och kreutzervrimmel, och slikt. Som jag säger, jag såg där endast två underofficerare, allvarsamma karlar med gikt, Västgötadalare bägge. Hur kommer det till, att du kan vara underofficer, och är blott en så ung människa?

I Stockholm brukar de stundom yngre underofficerare ... i synnerhet som ... ja, ser du, jag är egentligen inte långt ifrån officer ... sergeant.

—Schersant? nå bra, som det är. Fråga aldrig efter att bli officer, löjtnant och dylikt skralt sällskap. Vad gör de dagtjuvarna annat, än talar strunt med mamsellerna om dagarna, och om kvällarna med jungfrurna. Skräp! krås och kragar, tomma magar.

Paus.

Militären satt småskrämd vid hörandet av sin öppenhjärtiga väns talförmåga och dristiga utflykter. Han visste med sig själv, att han alltför gärna ville bli löjtnant, och hoppades vinna denna befordran genom sin hemliga släktskap med en viss stor familj i huvudstaden; han visste också, att hans kassa för närvarande var gott nog försedd till det slags inspektionsresa över vissa egendomar, vartill han under sin sommarpermission blivit utsänd. Han ville därför inte lämpa på sig de svårmodiga rimmen: krås och kragar etc etc. Men neka kunde han inte, att det där glammet med mamseller och jungfrur emellanåt fallit honom i smaken. Han blickade därför bestört på en Sara med så avgörande utlåtelser. Han såg på hennes ansikte; de glada, vänliga ögonen tycktes stå i motsägelse till hennes sista stränga tal; ja, när han betraktade de röda, fylliga, nästan skönt formade läpparna, med de jämna, vitt glimmande tänderna innanför, och en stundom framskymtande liten tungspets av högrött fint slag, så kunde väl den tysta frågan förlåtas en man, som han: har då ingen i världen kysst denna mun?

Sara såg också honom i ansiktet, liksom han henne, och slutligen frågade hon med en skär, mild röst: Vad är det du ser så på?

Helt oförtänkt och djärvemang svarade han: Jag sitter och undrar, om ingen människa nånsin kysst den där munnen?

Ett hastigt övergående leende var hela hennes svar, och hon tittade bort över Mälarfjärdarna. I hennes blick syntes härvid inte det minsta koketteri, eller skimmer av elakhet: men å andra sidan inte heller någonting just romantiskt, svärmiskt, himmelskt. Det var ett mellanting av oförklarligt slag. Alldeles inte fult, men inte heller djupt vackert. Det liknade det slaget, varom man med en glad min brukar yttra sig: Å! det går an!

Uppmuntrad därav, att hon åtminstone inte avvisade honom, vände nacken till eller gick sin väg, fortfor sergeanten: Jag skulle kunna säga dig mycket, bästa Sara, av samma slag, som du själv omtalat att man brukar till mamseller och jungfrun jag bekänner till och med, att jag inte är ovan vid detta tal. Men du har förklarat för mig, hur du hatar det: jag vill inte en gång nämna om hjärta, eftersom jag minns förr i dag ... och dessutom tror jag, uppriktigt sagt, ditt hjärta vara av glas; och jag, jag äger inte i mitt våld den diamant, det enda vapen, varmed märke skulle kunna ristas i ett sådant.

Skall du stanna i Arboga, dit ångbåten kommer i afton, Albert? Hon frågade detta med ett genomträngande ögonkast.

—Jag? nej visst inte. Jag skall ned till Vadsbo härad, till vissa egendomar, och sedan kanske ännu längre in i Västergötland.

Då åker vi tillsammans (åter ett genomträngande ögonkast) ... så kan vi ha två hästar för parvagn ... och vi repartisera ... och ... ty jag ser, du har inte eget åkdon med dig. Bondkärror är elaka att åka på, och skjutspojklymlar vid sidan, det är inte mitt folk, de är sällan rena.

Sergeanten sprang upp och skulle väl ha slutit henne i sin famn, om de inte varit på däck. Hon har hjärta! tänkte han.

Sätt dig ned, Albert, så skall vi tillsammans roa oss med att räkna ut skjutspengarna. Hjälp mig, om jag tar fel; mitt största nöje är att addera i huvudet. Får nu se: första hållet, från Arboga räknat, är ju till Fellingsbro?

Sergeanten satte sig ned vid hennes sida, munter och upprymd, som om han nyss vunnit en fullmakt. Hon var också i detta ögonblick, tyckte han, så strålande, eller rättare, så ljuvt vacker, som en flicka ... i hans smak ... nånsin kunde bli. Allt var så förnuftigt och klokt, och ändock tillika så intagande.

—Nå, svarar du mig inte? sade hon och slog honom helt lätt på handen med sin ena couleur de lilas handske, som hon försiktigtvis avtagit redan då hon skalade apelsinen.

Till Fellingsbro går vägen alldeles riktigt, och därifrån till Glanshammar, sade han.

—Så Vretstorp?

Nenej du. Vi måste genom Örebro och Kumla först.

—Och så Vretstorp, det är säkert. Därpå Bodarne och Hova, och så är vi hemma.

28

Vad, är du hemma i Hova?

—Jag är hemma i Västergötland, och så fort jag satt min fot på marken vid Hova, så är jag strax hemma. Härvid sträckte Sara ut sin ena lilla fot och satte ned den helt bestämt och västgötiskt på däcket.

Albert fick nu nytt tillfälle att beundra den välgjorda vackra kängan. Är det där Lidköpingsarbete? sade han.

Vad för slag?

—Jag menar, om de har så bra skomakare i Lidköping, att ...

Det är en ståtlig, ja en rar stad! har du då aldrig varit i Lidköping? ... skomakare? ... å då! vi har skräddare, finsmeder, grovsmeder, schatullmakare, grovsnickare, vi har allting. Även handlande, och en rik källarmästare på gatan ett stycke till vänster från torget; fast det håller jag för illa, ty sådana lever på andras fördärv och onödiga utgifter; men hantverkaren gör det som duger och blir kvar i världen. Vart tar källarmästarens varor vägen? Han är kommissionär för Göteborgsdiligensen och håller en stor, stor balsal, där officerare med mamseller och fröknar håller assemblé. Det är något för bal-dansar, skall du se! Men jag gillar ändå inte källarrörelsen; vore folk folk, så fick sådant folk snart flytta ur Lidköping och dra dädan. Men nu är det så, att många vill dricka, spela och dansa, och ... där är en orimmeligt stor danssal, Albert! 8 fönsterlufter i längden, om jag minns; och 24 rutor i var luft!

—Är då du, Sara, inte alls road av att dansa?

När jag har sett efter verkstaden och slutat av, och kommer ensam för mig själv, då händer det att jag dansar ibland; men det är utan fiol.

—Det var en äkta ordentlig västgötska! tänkte sergeanten. Men hon såg så oändligen mild, så nästan rörande ut i denna stund, att han teg. Litet därefter tillade han: Att din mor skall vara så sjuk? tänk om hon är död, Sara, när vi kommer ... när du kommer dit ned?

Ja, Gud väles det, stackare! Hon har ingen rätt glädje haft i livet. Ångest och sorg jämt, och nu till slut bara idelig sjukdom. Det är inte mycket bra, Albert.

—Du talar alltför bedrövligt. Men om hon lägger sig att dö, hur går det då med din verkstad?

Ja, då är det slut med rättigheterna, och jag kan inga få av magistraten, det vet jag; men jag har nog tänkt ut det ändå.

—Så?

Å ja, det kan jag nog berätta, fortfor hon, smög sig ännu litet närmare Albert på spjälsoffan, och såg sig om, liksom fruktande att någon obefogad skulle höra hennes hemligheter. Då däcket likväl, såsom förut nämnts, åt detta håll var rent från folk, vände hon sig åter till honom, såg högst förtrolig och klok ut, samt viftade med sin lilla handske i luften, stundom slående hans arm lindrigt med den.

—Jag har funderat ut, hur en flicka utan föräldrar och syskon, som jag, skall kunna leva ... leva bra ... sade hon. Jag har tillräckligt och fullt upp redan med linne och gångkläder, för många år, och sliter inte stort: vilket en inte gör, när en är aktsam. När nu min mor dör, får jag inte längre skära till rutor och kitta i stora hus eller nybyggnader; det skall skråmästaren ha. Men det är en egen konst, vet du, som ingen kan i Lidköping, mer än jag; ty jag har ensam utgrundat den: att blanda krita med olja så riktigt i sina dimensio ... nej, proportioner ... (dimensioner säger man om själva glasens vidd i längd och bredd, men proportion säger man om rätta tillblandningen och mängden av krita och olja tillsammans: de bägge orden brukas blott i vårt ämbete och du förstår dem inte, Albert) ... nå, nu vill jag bara säga, att jag utgrundat en proportion i denna tillblandning, som ingen mer än jag vet; och därav blir en kitt, så stark, att inte det bittraste höstregn kan upplösa honom. Den skall jag tillverka och sälja åt alla ämbetsmästare; ty de måste köpa därav både i Lidköping, Vänersborg och Mariestad med, bara de få lära känna den. Och

30

de veta av den redan; ty jag har låtit mina pojkar på sina resor utbasuna den. Jag säljer hemma på min kammare.

Men, såsom ogift, är du ju försvarslös, och ...

—Det skall man se. Med en supig och svår man, såsom min mor stackare, då vore jag tvärt om försvarslös och usel. Nej, minsann, jag skall reda mig just som jag är. Den lilla gården vid Lidan rår vi själva om. Det är ett ganska litet trähus, såsom ett av dem där uppe i Strängby ... träng ... hur var det ... ja ...

Strängnäs.

—Och när mamma dör, tillfaller gården mig. Stackars mor! men hon lever nog ännu ett par år. Likväl, när hon dör, så vet jag av borgmästaren, att jag med hus och tomt inte vidare försvar behöver, fast ogift. Huset räntar inte mycket av sig; dock kan jag hyra ut ett par rum ovanpå; och nere på botten bor jag själv.

Men som jag är van att ha roligt och vara bland folk, vill jag inte sitta för mig själv jämt, utan jag ämnar öppna bod ... en liten bod ... med handel, som kvinnfolk får sköta, och som inte ännu blivit lagd under skrå. Jag ämnar i min bod sälja askar, fina, vackra, av glas med underlagt kulört papper, som jag gjort i flera år och som lantfolket är rasande efter i hela bygden omkring; och dessutom lyktor, lanternor; ja, jag har lärt mig sätta folium på glas, och därav skall jag göra små speglar åt socknarna. Kanhända tar jag också in i min bod till kommissionshandel varjehanda plockgods, liksom vävnader, lärfter, näsdukar, halsdukar, hemgjort: blott jag aktar mig för siden, som ligger under skrå. Det skall inte bli en så liten handel, när en är hygglig mot folk vid sin disk; och jag sitter i min bod från tio om förmiddagen till fem på kvällen, längre är inte värt. Före tio om morgonen, innan jag slår upp boddörren, förfärdigar jag alla mina askar och glassaker. Om kvällen blandar jag kitten åt alla ämbetsmästare. Det skall bli en god handel och ett glatt liv!

Saras ögon, mun och kinder sken härvid. Men sergeanten frågade: Skall du då sitta så inne hela året om, och aldrig se dig om ute eller andas den härliga lantluften?

—I soluppgången går jag ut på vägen åt Truve. Det gör jag var morgon om sommaren, när det är klart eljest.

Tru ... vad är de för slag?

—Det är Truve, vet ja. Det är Richefts sköna herrgård på Mariestadsvägen, då. Om bara vägen emellan staden och ditåt inte var så hiskeligen sandig. Men jag bryr mig inte därom, jag går den inte så ofta. Många morgnar sitter jag allrahelst hemma. Jag har salvia och andra rosor i fönsterna; och lavendelkrukor skall jag lägga mig till med. Dessutom ser jag Lidaån utanför fönsterna, och skönare å finns inte. Vill jag se mera vatten, så har jag stora Vänern att skåda, när jag från fönsterna blickar utåt gapet vid Kållandsö: den har jag, bara jag tittar ut som åt stadsbron till.

Och när du blir gammal, vackra Sara?

—Om jag lever till en femtio år, så tänker jag fara på marknader med varor. Ty så länge jag är ung, är det bättre att sitta hemma i min lilla handelsbod.

Man går gärna in till en disk, där en så täck handelsmaninna sitter och säljer, inföll han.

—Men den tiden är det styggt att resa på marknader, fortfor hon, litet bortvänd; man råkar ut för ... ja. Blir jag åt femtio år, då tänker jag det skall vara överståndet; då tör däremot handeln bli klenare hemma i boden, och jag vill då försöka på marknader, om jag inte dessförinnan lagt ihop en summa, så jag kan leva utan bysch; det jag hoppas. Ty en kan leva mycket nätt och ändå må ganska väl, så snart som ... (här sjönk hennes ansikte och uppsynen mörknade).

Nåväl, min Gud! vad menar du?

—Å jo, jag menar, så framt en aktar sig för att ha en plågare, som äter upp och förskingrar i onödan och i slarv allt vad en med möda och åhåga samlar. Vad båtar då att vara ordentlig, när plågaren är desto mer oordentlig och frossar av den idogas arbete? Och hur kan en arbeta med lust och fröjd, när en ingen hjärtans lust har, men ångesten sitter i halsgropen ...

Jag förstår dig inte.

—Så? Hm.

För Guds skull berätta vad du menar!

—Ja, det är allt något att berätta, kanske. Jag var ute en Michaelikväll med min mor: det var mot hösten och blåste, och hennes hår for kring huvan. I förtvivlan sprang hon upp åt den stora stadsbron, som går över Lidan hemma i vår stad; jag var då femton år, och sprang efter. Jag tänkte att hon i sin rysliga vånda skulle hoppa ned i vattnet. Men när jag kom efter, hejdade hon sig och tog mig i famn, stannade vid broledstången och såg sig om. Där var ingen gångare ute. För din skull vill jag låta bli det, viskade hon: jag vill leva och pinas, tills du blir ännu litet större. Men ve och förbannelse över den här! åtminstone *den* skall jag bli kvitt! Härvid såg jag fradga av raseri, tror jag, stå kring min mors läppar; hon ryckte sin guldring av fingret och kastade den långt bort i Lidaån.

Sergeanten bleknade: han påminde sig något ditåt i dag morse vid ångbåtsrelingen.

Din mor lär ha varit litet otålig i äktenskapet? undföll honom.

—Fy ... fy ... herre! utropade Sara med blixtrande ögonkast och glömde sitt du. Albert? tillade hon dock strax efter med mildare röst. Tjugo gånger sparkad häst, som tjugoförsta gången sparkar igen, är inte otålig. Och det är visst och sant inför Gud ... sade hon slutligen, med en knappt hörbar, men innerlig och klangfull ton ... en var det, som ideligen påminte om, och sade och förkunnade, att min mor skulle bli allt bättre ... eller *ädlare* tror jag dem kallar det ... genom denna plågan: men det var osanning. Ty det vet jag, att hon vart

33

sämre år ifrån år. Ifrån den största ordentlighet och snygghet blev hon till slut osnygg, otäck och slarvig, så jag grät därvid. (Sara grät just nu.) Ifrån att vara en from och gudlig människa, ville hon till slut inte se i psalmboken ... och på sistone ... ack ...

Hämta dig!

—Ännu i dag ligger min mor till sängs, och vet du varav? gunådaste oss! av ... fylleri. Det är inte bra av ett fruntimmer, Albert.

Sergeanten steg upp, kände en kall svett under sin tschakot, tog av den och svalkade sig med näsduken. Kanske korsade sig några av hans bästa planer i denna stund inom hans panna. Men han var ung och ägde inte ett förstockat hjärta. Han tyckte synd om människorna; inte heller var han tillräckligt halvlärd, för att komma med den vanliga falska frasen, att illa var bra. Fattad av bestörtning och undran, kom han likväl bort åt ett håll, dit militärer sällan nalkas; han satte sig förtroligt bredvid sin i hast så öppenhjärtiga vän och frågade: Säg mig uppriktigt och rätt fram, Sara, är du vad man brukar benämna en läserska?

Läsare ... å då: visst inte. Sådana finns i Västergötland nog, mig förutan.

—Men du läser ändock stundom i Skriften?

I Bibeln? Ja.

—Då känner du också Guds första, stora, allmänna bud ... förlåt, det låter litet ... växer till, föröken eder och uppfyllen jorden. Skall detta bud inte uppfyllas?

Efter litet betänkande, dock utan förlägenhet, svarade hon: Det där Gudsbudet innehåller ju ...

—Att man och kvinna skall vara tillsammans ...

Men inte innehåller det budet, att en man skall vara tillsammans med vilken kvinna som helst i världen, kan jag tro;

eller en kvinna skall tillhopa med vilken man som helst bliver henne åkommen av varjehanda händelser och tillstymmelser. Jag vill minnas det står, att det där skall vara människan till en hjälp: det skall väl då inte vara till ens fall? både själens och kroppens fall, men mest själens. Utan, liksom man får undvika och gå ur vägen för en stor fara, olycka och nöd, och framför allt låta bli att umgås i ont och fördärvligt sällskap, så bör man väl ock få undfly ...

I detsamma hördes ett starkt knakande framme i ångbåtens förstäv, och kaptenen jämte en maskinist kom uppspringande. De var dock inget värre än en tross, som brustit, och varigenom det lilla uppspända seglet kom att fladdra en smula vårdslöst, och slängde en stund hit och dit för vinden. Man var nu kommen ut framåt ett av Mälarens större vattendrag, Granfjärden, där det vid övergången till Blacken nästan alltid drar friskt. Genom den starkare gungningen sattes alla passagerarna i rörelse: däcket uppfylldes av en hop ansikten, som man hela dagen förut inte blivit varse, men som nu, likt troglodyter, kröp upp ur sin undre värld, salongen. Efter några minuters fladdrande fick man in seglet, och det sattes i en ny ställning efter vindens fordran. Allt blev bra och lugnt igen, ehuru blåsten inte var obetydlig. Men dessa fartyg, som går med kraft av en inre eld, frågar inte stort efter vind och våg, utan löper sin säkra bana fram, antingen det blåser mot eller med, eller, såsom nu, på sidan. I Granfjärden finns flera farliga punkter, dolda skär och blindklippor; varför många förlisningar här timat, den tiden man seglade utan eld och ofta måste lovera. Den skickligaste styrman såg sig då, oaktat sin kännedom om prickar och klippor, ur stånd att alltid undvika dem, emedan han inte till sin disposition utom styret, ägde annat än dessa stora, vidlyftiga, tunga, av vinden kastade segel, vilka hur han än vände dem och hur han loverade, dock ändå inte sällan störtade av med honom dit han inte ville, ty en stackars styrman på en skuta är ju i alla fall inte mer än människa? Nu, då man driver sin seglats med eld, går man rakt på målet, utan lov, och nyttjar inte segel oftare än när vinden står så, att den tjänar till drift. Styrmannen måste visst också nu känna prickar och blindskär, det förstås; men med kunskap om dem kan han lätt undvika dem, om han inte är ett nöt. Den enda stora fara vid ångsegling är att brinna upp; men även häremot kan man genom pannans konstruktion ta sådana försiktighetsmått, att det sällan eller aldrig inträffar.

Det gick ganska hurtigt och raskt fram, fastän den naturliga följden av rörelsen på däck blev, att sergeanten och Sara avbröts i sitt samtal rörande mänsklighetens största problem. Sergeanten, driven av sin raska natur, hade sprungit åstad och nappat i seglet, ångbåtskaptenen till stort gagn och nöje. Följden blev en brorskål dem emellan, där nere under däck i kaptenens hytt. Historien omfar alldeles hur middagsmåltiden på fartyget gick till, ty därom har en däckspassagerare föga begrepp. Han märker blott på solens sänkning emot horisonten och på skänkjungfrurs flitiga spring med islagna kaffekoppar, att middagen måste vara passerad. Salongsinvånarna har avgjort den affären sinsemellan; och när några troglodytfigurer, litet gladare än vanligt, eller åtminstone mindre fula under ögonen, vid denna tid uppträder ur gömstället, så kan en av folket (fördäckspassagerarna) förstå, att herrskapet plägat sig. Det är sant likväl, som denna berättelse även förut anmärkt, att en och annan däckman, av djärvare natur, kan få åtminstone gå ned i matsalongen och där hastigt och lustigt få sig en bit, och gå upp igen. Men de kvinnor, som tillhör folket, har det verkligen svårt. Hur de lever där framme på däck har mången gång förundrat historieskrivaren. Det anses inte rätt anständigt, att de för mat med sig eller föder sig själva. Och av den allmänna stora kosten, som ångbåtsköket tillagar, får de gärna intet, då de själva inte har bättre än däcksplats. Kanske händer att även bland dessa kvinnor någon djärvare finns, som går ned i troglodytismens adyt och får sig en godbit, varmed hon sedan uppträder i friska luften. Men det hålls inte för modest gjort av henne. En välgörande historia är det nu med kaffet, som inte är mat, men bra gott likaväl, kl. 4 à 5. Det kommer själv upp ifrån adyten, langat på däck av jungfrur, som, ifall de inte är alltför buttra, låter tala vid sig, så att även en stackars däckmänniska kan få sig en kopp. Sara passade på och bekom verkligen en: hon såg också så väl och snygg ut, att, hucklet oberäknat, kaffebärerskorna gärna ville ha räknat henne för herrskap. Obegripligt förekom sannerligen, att hon, vars börs med silvermynt man flera gånger ögnat, inte köpt sig salongsbiljett och gjort sig till troglodyt som en annan. Men det måste ha kommit av hennes kärlek till öppen luft, och av avsmak för elak lukt eller adyter i allmänhet.

Under det hon drack sitt kaffe och beslöt att begära en kopp till, påminde hon sig med innerlighet, glädje och tacksamhet sergeanten Alberts förslag, att föra henne i land till den lilla trevliga rödmålade småstugustaden (namnet hade hon blandat bort igen), och där hon kommit i tillfälle att utan hank och trassel få en snygg, god anrättning, vilken, med sitt namn av frukost, dock för henne betytt middag, och gjort att, sedan hon nu fått kaffe, kände sig mätt, lycklig och fri. Sergeanten själv hade mer slukande anlag; och liksom denna berättelse förut anmärkt, hur han redan på förmiddagen ett par gånger varit och anlitat skänken om hjälp i de svårigheter han då utstod, så var han nu åter nere. Hans uppkomna förtrolighet med kaptenen gjorde, att han gick upp och ned utan all bävan, allt som han ville, så ofta det påkom; och man behövde en enkom kännedom av hans biljett, för att veta, att han i själva verket inte tillhörde herrskapet, utan var folk. Vad, hur, var och när han åt, sägs inte; det förmodas blott, att han intog middag. Han var ung och hade friska behov, sådana som Gud skapat; men han var för ingen del gourmand, drinkare, glupsk, otäck eller annars troglodyt. Inte han heller tycktes trivas i adyterna; han gick så snart han kunde upp ifrån dem, och måste ha varit en särdeles vän av den luft, som blåste vid förstäven; ty där höll han sig mest och hade nu tänt sin cigarr igen.

Fjärde kapitlet

Då lutade han sig sorgsen tillbaka i sin stol och lade huvudet mot karmen. Du är utan diamant, Albert! Blunda och sov, och
fäll
ihop dina anspråk

Sara Videbeck såg om sina saker, och dem hade hon i kappsäckar, även på fördäcket. En lär hon i synnerhet ha varit rädd om. Ty vid ett tillfälle, då ingen annan person stod där längst framme, passade hon på, klappade cigarr-rökaren förtroligt på armen och sade: Du tycker ju om, Albert, att jag ber dig om en liten tjänst? Jag har här en kappsäck, den där med mässingsbokstäverna S.V. på: laga, att ingen sätter sig på den! jag har ifrån början och hela dagen haft den liggande under seglet; men vid det där sista rumsturet drog de fram både ett och annat, seglet är uppe, och min kappsäck blott och bar.

Albert tog cigarren ur munnen, såg på henne och sade: Är kappsäcken så öm, att inte en gång en så lätt kropp, som din, får sitta på den? annars kunde han lättast vaktas på det sättet.

—Nenej vasserra, varken jag eller du, och allraminst någon annan.

Har du fullt med diamanter däri?

—Å då!

Nå men vad? fast förlåt mig, det angår mig inte, var trygg och glad, och gå själv vart du behagar. Jag skall bevaka din kappsäck.

Sara tackade honom med en blick, som om kappsäcken varit hennes eget hjärta. Hon gick bortåt att bestyra något med diverse skrin, som hon satt avsides på däck.

—Vad kan flickan ha i kappsäcken? tänkte Albert, där han stod, tittade ned på de blanka, gula S.V., och drog en hiskeligt lång rök ur cigarren. Hon är minsann ändå en rik docka, det slår aldrig fel. Fast det bryr jag mig inte om; pengar får jag nog ifrån (här mumlade han ett hemlighetsfullt familjenamn), och av egendomarna i Vadsbo har jag min givna intendentprocent. Bokstäverna är rätt väl gjorda; de har mässingsslagare i Lidköping, som duger. Skall jag följa henne så långt som ända dit? jag borde annars vid Mariestad ta av från stora vägen och åka inåt. Ja, få se. Långt dit ännu. Hör hit, jungfru där med brickan! langa mig upp en ny cigarr: jag vill inte gå från stället. Djävulen, hon hörde mig inte! hur skall detta avlöpa? jag vill då ännu röka litet närmare in på stumpen, men det smakar hett och röken går mig i näsan, fy tusan djävlar. Kappsäcken är just inte stor; lång tämligen, men inte bred; hon har säkert glasskrin där, eftersom ingen får sätta sig på den. Men vem tusan skulle också vara oförskämd nog att sätta sig på den? det övriga däckpatrasket här har jag aldrig märkt sätta sig på annat än tågverket, eller på pumpen och på kanonerna; det är ett ganska hyfsat och beskedligt folk; de är så litet djärva mot andras saker, att par exemple dalkullorna satte sig allenast på sig själva, hic est, de lade benen under sig. Vilken oförskämd persedel kan då Sara ha fruktat skulle understå sig ... aha ... du skall få se, Albert, att hon menade dig själv, och ingen annan, med den vackra bönen, att jag skulle akta kappsäcken ... baj miljoner så han smakar! sade han och kastade yttersta stumpen i sjön: det här går över tålamodet.

Just i denna svåra kris kom Sara till honom och, vad tycks? stack en ny cigarr i hans hand. Eld har jag inte med mig, sade hon, och jag ville inte låta jungfrun, som jag beställde cigarren av, tända på den åt dig därnere, ty ... och dessutom kan hon inte röka, men hur skall du få eld, Albe?

Jo se här, inföll han, kommer ångkaptenen spatserande med sin ypperliga trabucos i truten. Förlåt, bästa farbror kapten ... var så god och träd ett par steg närmare, så får jag tända; denna vackra flicka har satt mig på en post, vilken jag såsom god militär inte kan lämna.

Strax! strax! svarade kaptenen. Sara stod och såg på, och hon kunde inte avhålla sig ifrån ett högt skratt, då de bägge karlarna satte cigarrändarna mot varann, med spända allvarsamma ögon observerade spetsarna, och ivrigt arbetade på att det skulle ta eld. Det lyckades; och den hederliga, fryntliga kaptenen gick sin väg. Med ett eget uttryck av sällhet tog sergeanten bägge kindbenen pinfulla av ny, frisk rök ... ty man vet, att det är den första röken som smakar bäst ... och blåste ut den högst långsamt: men blåste den i sin tankspriddhet mitt i ansiktet på Sara.

—Å då! ropade hon och sprang ånyo sin väg till den andra delen av fördäcket, där hon hade sitt förut omtalade skrinbestyr.

Albert stod således åter ensam vid sin kappsäck ... dvs hennes ... och betraktade den sjunkande milda, täcka västersolen. Man var nu kommen in på Galten, den yttersta Mälarfjärden emot Arboga till. Albert stod och såg på solen, såsom sagt är, men han såg också emellanåt på kappsäcken. Han rökte långsammare nu; ty han tänkte, om den här cigarren blir slut i ett rapp, så tör det inte falla sig lika behändigt som nyss att få en till. Ja, helt säkert har hon glas i kappsäcken; och jag tycker mera om det, än om hon, såsom jag en gång trodde, hade glas i bröstet, eller hela hjärtat därav. Det var en dum tanke av mig ... puh! ... men jag skall inte blåsa ut för mycken rök i sänder ... puh! ... låt vara, att hennes själ är av glas något litet: kan inte jag ha en diamant såväl som någon? och skära? men djupt vill jag inte skära, det nänns inte fan på så vacker kristall ... puh! ... jag skall bara rita in ett A på hennes minnes emalj; det må jag väl få? det är väl inte för mycket? ... puh! Vacker är hon när hon är allvarsam, men än vackrare när hon ler, så där; och allra vackrast var hon när hon grät över sin mor: det är besynnerligt, att jag kunde tycka om det? Man plär annars bli ful när man grinar ... puh! ... men hennes ögonvrår blev inte röda, utan stod klara som ... nånå, gråten räckte inte heller länge.

Ror i lä! ror i lä! skrek kaptenen till sin styrman. Ser du icke pricken, din attan? Jaja, det börja skymma, tillade kaptenen godmodigt; det är nu bäst, att jag absolverar honom från styret och går dit själv. Inloppet i Arboga å är inte såsom andra lapprisinlopp. Ror i lä! i lä! stopp maskin, för sju tunnor tusan! gå ned härifrån; jag ställer mig där själv. Säg till att klyvarn tas in!

—Stopp maskin! stopp! hördes till återsvar. Fartyget saktade farten, och den skicklige kaptenen, som nu själv stod vid styret, fick tid att åter rätta kursen, så att pricken lyckligen omförs.

Mälarens innersta vatten, eller dess västligaste begynnelse utanför Kungsbarkarö och Björkskogs socknar, är fullt av små grund, blindskär och lantliga äventyr, som man alltid har ont av till sjöss. Dessa små landspetsar, närmast Arboga å, är en fortsättning av de låga Kungsörsängarna, vilka, likt en grön matta ytterst i väster, tycks ha för avsikt att smyga sig in under vattnet; och man kan, helst om kvällarna, inte se gränsen bestämt emellan själva gräsvallen och Mälarvågen. Seglaren tar då sikte på taket av Kungsörs slott, som inte ligger långt ifrån åmynningen. Det gick denna gång, såsom alltid, lyckligt för Yngve Frey.

Just som man kommit in i ån, hördes en grov, torr röst uppe på ångbåtsaktern tala till sin granne: Hur långt har vi nu till staden? Sex fjärdingsväg cirka, genmälde till återsvar en annan stämma, med uttryck av högsta beskedlighet, tjänstvillighet och iver; ljudet var en sopran, likt en kärings, dock utan att vara det, ty det var en karls. Gott! återtog basen och såg på klockan, hon är sju: vi är framme åtta, åtminstone nio, och kan hoppas på ett ordentligt bord och riktiga sängar. Orden växlades emellan två familjefäder. Om min baron befaller, sade sopranen (även baron), så går det lätt an, ganska lätt, om vi passar på här vid Kungsör och skickar en stafett, en kurir, landvägen till staden, som beställer rum åt oss; ty vid denna tid stöter mycket resande ihop.

—Kan det ske, kapten? frågade basen förnämt, men liknöjt. Det går positivt an, javisst, visst, inföll sopranen ivrigt, innan ångbåtskaptenen vid styret ännu själv hunnit svara.

—Det kan ske, sade denne fastän inte utan sitt lilla besvär.

På vad sätt? frågade basen, trött av så mycket talande.

—Jo, utan svårighet, ganska vigt, helt lätt! hoppade sopranen efter med de snabbaste ord i världen. Den hederlige kaptenen vid styret såg sig om betänkligt. Jo ännu, sade han, kan en slup gå i land och tinga en karl vid gästgivargården däruppe, som rider till staden, om det nödvändigt skall vara. Men jag hoppas vi skall vara där lika hastigt som han.

41

—Åja, åja, åja, sade sopranen, vi hinner väl lika hastigt till bron, med vår flinka kaptens åtgärd; men sedan försinkas, bortsinkas, borttas mycken tid med att komma i land, så att det är alltid gott—vill inte min baron det?—vi skickar en stafett, som beställer, och som tar upp alla rummen?

Må gjort! sade den sömniga basen och stoppade in sin haka under rocken. Sopranen spratt upp som en glad vinthund, men spratt ändå inte längre än fram till kaptenen vid styret, som var helt nära. Beställ, bästa kapten, beställ, beställ!

Kaptenen, så godmodig han var, tycktes besvärad av detta fjäsk, men ville likväl inte göra baronerna emot, utan ropade på en av sitt folk. Gör jullen klar och far i land, och ... han sade mannen ärendet. Du får ro efter oss sedan.

—Ja, baronen betalar besväret, det förstås, det förstås, förstås! muttrade sopranen, vänd till kaptenen och med en halv pekning på den i sin rock nedhukade basen.

Något är det värt, svarade kaptenen tryggt, strök sig om hakan och såg bort åt de bägge stränderna, mellan vilka han styrde. Anblicken på högra sidan var vidsträckt och intagande. Ängarna, i en omätlig vidd norr och nordväst ut, låg översållade med miljoner vålmar, liksom de små oavklippta knutarna på avigan av en stor grön tapisserisömnad.

Och allt det här har Hörstadius slagit under sig? det är minsann en pastor! sade kaptenen med en nick, under det han stod och talade för sig själv. Den karlen blir innan sin död bottenrik eller bottenfattig; det är en pastor, som predikar med hö. Han kan säga som det står i Skriften: allt hö är kött; ty av dessa ängar, för så gott arrende, har han grovt. Kammarkollegiet eller Krigs ... jag vet inte rätt ... har varit beskedligt emot honom. Men jag undrar, att han slår under sig egendomar i alla landsorter: inte bara vid Kungsör, utan också i Sörmland: ja, i hela riket. Har han inte arrenden ända bort för fan i våld på skarpa Uppland, i Sollentuna? det är då en ekonom till karl, den Hörstadius! Så pinar han sin arma kropp med att åka på bondkärra och flacka allt sitt liv mellan sina arrendegårdar, och se efter och se efter. Det måtte vara ett förbannat efterseende, att sköta hemman i alla landsorter. Och när han skraltar så där omkring, är han ändå så tvär emot sin egen lekamen att han endast njuter vatten. Hörstadius är västgöte, däri ligger knuten; det är då en egen nation till folk! Men vad jag berömmer hos honom är att han skall vara så rättskaffens och beskedlig mot alla sina tusen rättare, drängar och spektorer; så att han till slut lär plåga ingen mer än sig själv. Tag in seglet! hissa flagg! Nej, mindre martyr är man som förare av en ångbåt. Kom hit! kom och styr! jag går ned. Nu är ån ända fram till Arboga klar och lätt att hantera sig i.

Styrmannen kom på befallning, kaptenen lämnade honom rodret, gick själv därifrån bort över däcket, och kom så trappan utför till de undre hemvisterna, där toddy som bäst stod och rykte. Även punsch ägde rum.

Det var afton. Solens fe hade redan västerut sjunkit ned i famnen på Kungsörs ängar, men ett mörkrött purpurskimmer hängde ännu kvar på skyn; det var den sista klädebonad, som den sköna kastat av sig, innan hon lade sig att slumra under täcket. Tusentals långa rödblå streck gick ut ifrån skimret; många av dem randade vattnet, och även några låg stänkta på ångbåtens artiklar.

En mjuk hand rörde vid Alberts skuldra. Han stirrade upp ifrån de röda strålarna, som han en lång stund stått och betraktat, hur de gungade och flydde ovanpå den vattrade vattenytan. Det var Sara, och hon sade viskande: gå nu härifrån: jag skall i stället vakta både dina och mina saker ända tills vi kommer i land med dem. Gå ned och drick ditt glas punsch; men när vi kommit fram till bron, skynda då hastigt upp i staden och skaffa oss bärare, innan de andra passagerarna tar bort karlarna för oss.

De stod händelsevis alldeles ensamma där i fören, så att Sara kunde väl icke ha behövt viska. Men Albert tyckte det lät så förtroligt och bra, och hennes täcka ansikte var honom härvid så nära, att han, utan att själv veta därav, kysste henne, och gick bort, som hon sagt.

43

Sara Videbeck ... liksom ingenting hänt ... började framme i fören verksamt ordna en mängd större och mindre angelägenheter. Hon lade sina egna kappsäckar, skrin och överplagg tillsammans. Hon bar även till samma hög sergeantens inte särdeles vingbreda ränsel, koffert och reskappa. Hur hon kunde känna dem, kan man fråga; men dagens iakttagelser hade för henne varit tillräckliga, att märka vilka persedlar sergeanten under sina kringgångar på däck med förkärlek fästat sig vid, stundom lyft på, makat, jämkat osv, vilket en bra karl aldrig gör med annat än egna tillhörigheter.

Albert gick sannerligen utför och tog sig ett glas punsch. Mamsell! låt mig beskedligt få två glas till, och ställ dem på den här lilla brickan; jag skall bära dem själv, så besväras ingen. Skänkmamsellen, glad över en så mild tonart ifrån en förut så sträng resande, gjorde hastigt som befallt var. Albert tog sin bricka, bar den, sedig som en kypare, uppför trappan, och gick bort till fören att bjuda sin reskamrat. Är det carolina? frågade hon. Jag dricker inte punsch.

Drick nu ett glas punsch för min skull i afton, det blir svalt i kväll. Den är fin och god.

—Bra! sade hon, sedan glaset var tömt. Albert, det här är bättre än carolina.

Det är just vad jag alltid påstått, svarade sergeanten och tömde det bredvid stående.

Nu smällde kanonen salut för Arboga stad, och ångbåten lade till vid den högra stranden, såsom övligt var, nedanför Lundborgs gård.

Sergeanten, vig, hurtig och vid ypperligt humör, var den förste som hoppade i land. Efter en liten omskådning på närmaste gata, träffade han tvenne sysslolösa Arbogamänniskor, med vilka han snart kom överens. De följde honom ned till ångbåten med en bår, som de tog i grannskapet. Nedkommen till fartyget, höll Albert på att inte träffa den han sökte. Med en liten häpenhet såg han sig om i skymningen efter det skära huvudet ... det fanns inte. Till slut upptäckte han likväl på däcket ... Sara Videbeck i hatt. Ehuru de bägge karlarna med båren väntade på order, kunde han likväl inte hindra sig ifrån att några ögonblick stå och betrakta sin förvandlade vän. Väl hade han i dag på morgonen haft en anblick av samma person för sig, några minuter: men han hade då sett henne utan intresse: Nu ... är det hon? tänkte han. Mamsell ville han, förr en gång varnad, inte alls anse henne för. Men den nätta, vita kabrikshatten satt ganska behagligt på det täcka, fria, fina huvudet; och några smakfulla mörka lockar, hängde också på vardera sidan vid tinningarna, alldeles som rätt och billigt var. Albert pekade åt karlarna, vartåt de hade att gå, Sara sade med tonvikt på fjärde ordet: Det här är våra saker; var rädd om dem, så att de inte skavs på båren.

Ingen fara, söta frun sade den ena bäraren.

—Säg själv, anmärkte den andra, vilket frun är ömmast om, så ska vi lägga det överst på båren.

Albert smålog för sig själv, men såg en ganska syrlig och sträv min i Saras anlete. De kom i land. Vartåt befaller herrskapet att vi går? frågade främsta bäraren.

—Till gästgivargården.

Jaså, herrskapet är inte hemma i staden? Då får jag nämna, fortfor karlen, att det blir angeläget för herrn att skynda sig att få nattkvarter på gästgivargården, ty här har kommit mycket resande.

—Jag följer med sakerna, inföll Sara, skynda före, Albert! Vi hittar nog till gästgivargården.

Sergeanten gjorde så. Han passerade de långa Arbogagatorna, och kom efter en stund fram till gästgivargården.

—Finns inga! finns inga! var värdens svar på Alberts begäran om rum.

Men jag kommer från ångbåten och måste ha rum.

—Ja, om herrn kom ifrån solen, eller ifrån själva Blåkulla, så blev här inte flera rum för det. Här är baron** och baron** och baron**, som för sig och familjer redan tingat alla rummen. Och i Arboga för övrigt ... ja, hör sig om, min bästa herre ... jag tvivlar storligen; ty marknaden i ... hmhm ... har gjort ett fasligt sammanlopp.

Nå, jag nöjer mig med blott ett enda rum (jag själv kan sova på någon skulle, tänkte han): men snyggt, vackert. Det kan gärna få vara litet. Var så god; lika mycket vad det kostar.

—Har frun något enstaka rum över, Annette? sade värden och såg åt sidan i en sidokammare. Det är några förbannat vidlyftiga friherrar, som okaperat oss helt och hållet, vi har annars lokaler nog men de hör till ortens noblesseri, och därför ser herrn ...

Nej, svarade Annette, finns inte.

—Men jag måste ta mig sju tusan ha ett rum, sade sergeanten beslutsamt och gick själv dit in. Behövs blott en säng. Det är omöjligt att inte sådant skall finnas i ett så stort, rymligt och vackert hotell, som här. Jag har varit i Arboga förut och vet, att en lång gång utmed gården leder till tusentals rum härinne.

Nånå, bästa herre, sade en liten kort rulta i mössa, husets värdinna. Gå, Annette, längst bort in i gången, och se om min egen kammare kan skräpas i ordning. I nödens stund får jag väl lämna min egen ro i sticket.

Annette och serganten gick. Han fann ett ganska hyggligt, stort rum, gav sitt bifall och vände tillbaka. Knappt återkommen i porten, mötte han Sara och bärarna. Han visade dem vägen uppför trappan, som ledde till den långa gången, belagd med bräder, och vilken, lik ett loft eller arkad, sträckte sig längs efter våningen. Sara hade genom gåendet blivit munter igen och fått den friskaste färg; men vilken åter snabbt överdrogs av en harmsen sky vid bärarens artiga anmaning:

—Gå före, söta fru!

Hon tog dock snart åter på sig sin rätta uppsyn, och åtföljd av Albert och Annette trädde hon in i den anvisade kammaren, den hon fann förträfflig. Flinkt och glatt ordnade hon deras saker därinne mot ena väggen. Bärarna betalades och avfärdades. Efter en av Annette given anvisning på ett nyss för spisning ledigt blivet smårum där nere, gick de bägge dit och njöt en enkel aftonmåltid, som i synnerhet Sara Videbeck väl kunde behöva.

En halvtimme förfor. De följdes därefter åt upp från spisrummet, och Annette gick före att öppna dörren till nattlogiet.

—Gud låt herrskapet bli nöjda! sade Annette. Vi har inte bättre, för de många resandes skull; jag skall strax komma upp med ljus. Därpå neg hon, steg ut och lämnade dem tillsammans.

Den breda, skönt uppbäddade sängen gav tillkänna vad den beskedliga Annette höll dem för. Albert, för att genast i ögonblicket avskära all förlägenhet, sade: Bästa Sara, jag sitter i ett åkdon där nere, eller tar min natt på en höskulle; det stackars folkets dumma infall med din benämning förargar mig lika mycket som dig; men man rår inte för, att vingbreda baroner så upptagit alla rum, att jag allenast kunnat bekomma ett enda, och det med nöd. Emellertid hoppas jag, att du skall må bra här, förbli ostörd och sova gott.

Sara hade under tiden tagit av sig sin hatt, lagt den på en stol och kom fram till sin reskamrat med en vänlig åtbörd och svarade: Gör som du vill, och sitt därute var du behagar, Albert. Jag kan väl tänka, att du skall göra väsen av det här enda, hyggliga, vackra rummet, och tycka det är dumt för att det är allenast ett. Hade du, såsom jag, varit både född, uppfödd och sedan tillbragt hela livet i blott ett enda rum, som om dagen var arbetsverkstad och om natten sovrum för oss alla samtliga (ty de rum, som i huset hemma var över, måste vi för nöd hyra ut), då skulle du inte tala stort om detta lappri. Men fastän du väl inte riktigt är som många andra, kan jag ändock förstå, att du blivit uppfödd med flera narraktiga tankar. Därför, gode Albert ... ja, gör som du behagar; men jag försäkrar dig, att om du blir härinne, i stället för att sitta i rusket därute över natten, så skall jag hålla det för alldeles ingenting; och jag önskade du ville anse det likaså, ty just då betyder det minst.

Om du blir inne, det skall jag hålla för alldeles ingenting! gick som ett eko genom sergeantens själ, och något så krossande för hans självkänsla, något så grymt och nedslående gjorde honom stum.

—Albert! ... fortfor hon, gick honom nära och tog hans hand ... misstag dig inte på mig, och undra inte. Om jag undantar de nätter hemma för länge sedan, då pappa ännu levde, mest uteblev, men stundom likväl kom hem och med mycket buller, slagsmål gunås och svordomar for fram till klockan fyra på morgonen, så kan jag försäkra dig, att det för övrigt alltid var så stilla om nätterna i vår verkstad, där vi sov, att inte det minsta glas bräcktes. Det är jag van vid. Men gå du gärna ut, bästa Albert; ty du finner kanske mycket i den här småsaken, och jag kan inte ändra dig.

Nu måste han le, det kunde inte hjälpas. Han släppte hennes hand. Lika gott, svarade han, nu går jag åtminstone till en början ut att beställa hästar för morgondagen.

—Det förstås, att du nu skall gå! ja, inföll Sara hastigt, i morgon är det för sent att få allt i ordning: vi måste vara tillreds tidigt. Och du blir var du vill i natt, men tag kammarnyckeln med dig, när du går ut, att ingen annan i misstag kommer in: och säg åt jungfrun därnere, att hon inte behöver ta upp ljus, jag ser nog att lägga mig.

Albert gick. När han stod i dörren, vände han sig om. Då stod hon mitt på golvet och neg: God natt, Albert, vi ser varann i morgon!

Han bugade sig, slöt igen dörren och tog ur nyckeln. Obegripliga! lät det emellan hans tänder. God natt! vi se varann först i morgon! är det en inbjudning att återkomma i afton? Och likväl tycktes hennes allra första omnämning luta ditåt? Jag går och slår slag på gården.

Han fullgjorde affären med hästbeställningen där nere och sade till Annette att inga ljus behövdes, men att kaffe skulle inbäras precis klockan sex på morgonen. Så spånslog han på gården för att träffa vagnar till sovställe. Men inga sågs. Av några uppstående tistelstänger, som han genom springor blev varse i lider, fann han väl tillgång på diverse herrskapsvagnar, men de var inlåsta. Han gick ned åt den sluttande gården. Natten såg ut att bli regnig. Han kom till stallet och knackade på dörren. Därifrån röt en rusig stalldräng: Ryk åt hälsingland[3]! Det var en hundsfott till gästgivare så ordentlig, som så tidigt stänger alla sina lider, portar och skullar! Prosit sergeant, här får du roligt, och är avbiten från hela mänskligheten. Jag går på en minut upp igen, för att se hur Sara håller god min och tar emot mig, och sedan går jag åter hit ned att skaffa mig gehör hos en sån sakramenskad hälsinglands stalldräng.

Till detta förslag drevs han av nyfikenheten. Men han gick likväl först många gånger fram och tillbaka på den kantigt och gement stenlagda gården, varunder han ofta stötte fötterna och talade för sig själv. God natt! sade hon, det är sant; men hennes röst darrade litet därvid, det märkte jag: ljuvt, outgrundligt, såsom ifrån innersta hjärtat. Det kan förklaras som man behagar, och behöver inte betyda en fullkomlig likgiltighet eller ett bestämt godnatt, såsom avsked. Det kan vara tvärtom. Jag har lust att sätta henne på prov, plåga henne, och inte gå upp. Vi ser varann i morgon! alltså inte i kväll? Förut hade det likväl överlämnats åt mitt eget val att bestämma vilketdera jag ville? Jag skall pröva henne: jag går upp på en minut; en halvminut.

Han steg sakta trappan uppför, gick den långa gången fram, satte nyckeln varsamt i låset, låste upp, steg in. Här var tyst. Han nalkades i halvmörkret. Saras kläder låg ordentligt på en

---

3 Hälsingland, begagnat till svordom, kan ju få lov att skrivas med litet h?

stol avlagda och hopvikta. Hon själv? Han sträckte fram huvudet att se. Hon sov redan, med ansiktet vänt emot väggen.

—Alberts första känsla var en sval hänryckning; ty utan att vara poet, än mindre svärmiskt religiös, men rätt och slätt som underofficer, anslogs han oemotståndligt av en så enkel och stor frihet, en så ren och oskrymtad dygd. Hon ... utan att veta om han inte ändå skulle återkomma, såsom han nu också i sanning gjorde ... hade lagt sig tryggt och friskt, och genast somnat, utan inre uppror, utan farhågor, utan fraser, utan historier.

Men Alberts nästa tanke var mindre angenäm. Han fann, att det då mycket säkert varit hennes kalla och fullkomliga allvar, då hon yttrat hur det skulle bekomma henne alldeles ingenting, om han stannade därinne. Vad betydde han således för henne? detsamma som en stol ... ett bord ... en dörrpost ... ett lika mycket.

Förkrossande! förintande! En stol tillåter ju den skönaste flicka utan svårighet vara närvarande vid sin toalett? Alltför smickrande att njuta samma ynnest!

Albert drog av sig stövlarna; gick tyst och sammansjunken ett varv över golvet; tog av sig rocken; och, eftersom han nyss fantiserat om stolar, uppsökte han sig en sådan, och fann en med sidokarmar och ett ofantligt ryggstöd: en av dessa historiska stolar, som ännu sedan 1600-talet återfinns i gamla slott eller i småstäder, dit de kommit genom auktionens världskringspridande välde.

Han bar sakta sin stora karmstol fram till ett fönster, satte sig i den, tittade ut genom rutorna, såg på himlavalvet och ämnade somna. Men han kunde inte en gång gäspa. Stolen var mjuk, men i hans bröst kändes stickningar, och hela rummet stod i en mörk, kall vidrighet omkring honom. Han såg framåt sängen. Den sken vit, till följd av värdinnans rena, nymanglade örngottsvar. För övrigt tyckte han, att den var död och meningslös.

Så satt han en stund och blundade, för att något göra. Men inte dess mindre såg han. Vad såg han? En lång arabesk framrullade sig för hans inre syn. Där framkom alla de små särskilda händelserna under den förflutna dagen, och Saras bild förnyade sig ständigt, men så mild, så glad. Det var, till en början, ögonblicket i Strängnäs, då de blev du; så, när hon kom med cigarren; så etc etc etc. Kan det vara möjligt, efter så pass, att hon hatar dig? frågade han sig.

—Dumma sergeant! ropade han halvhögt och stirrade upp emot taklisten: hatar mig? Det gör hon visst inte. Hatar man en stol? hatar man ett bord? hatar man en möbel? en likgiltig ... en ingenting ... en mig!

Han lyddes, för att upptäcka om hon ändå inte på något vis skulle sova oroligt. Men det märktes inte. Sara Videbeck är inte av dem som drömmer, suckade han och slöt sina ögon. Till slut har hon väl ändå ett glashjärta, hårt och kallt: glänsande, men stelt. Hon frågar minsann varken efter att hata eller älska. Men vad är hon då själv för en? Hon är själv en stol, känslolös: liksom hon hållit mig för en stol, och sagt mig det öppenhjärtigt. Dygdig? Kan jag kalla en stol dygdig? Hon är ingenting alls åt det hållet, som jag menar; varken god eller ond. Hur kan jag kalla ett ingenting dygd? eller ens last? Men förlåt, sergeant, du har orätt (fortfor han litet därefter): hon är inte, som du säger, ett ingenting åt det hållet; minns du par exemple de där livliga ögonkasten? den varma munnen? ... då och då ... nej, nog har hon sinne, var viss på det: men om jag är den rätte, se det är en annan fråga. Vad är hon då för en? Liderlig? hut åt hälsingland! det kan inte falla mig in. Men ett mellanting är hon, som jag inte begriper, om jag bråkar sönder tinningen på mig: jag ville bli poet igen, jag är ju blott tjugofem år?

—Ack, fortsatte han, om jag fick somna! I morgon blir det bra. Oaktat denna önskan, såg han dock nu som allra bäst ut genom fönstret och upp emot himlavalvet igen, vilket blivit klarare och började visa några stjärnor. Han gnuggade med sin hand på rutan, för att få bort all imma. Vad är själva denna ruta?

började han monologisera. Vad är här i världen en glasruta? Den är ett mellanting, den också, ett mellanting emellan inne och ute: underbart nog; ty själv syns rutan inte, och skiljer likväl så bestämt emellan den lilla människovärlden Inne och det omätliga stora Ute? Jag kan i rutan själv se intet, men genom den ser jag likväl nu himmelens stjärnor. Rutan är obetydlig, kanske föraktlig; inte just en låg varelse ändå, tycker jag; men inte heller mycket hög i värde; ja, just som par exemple jag själv! Ack, jag ville så gärna rista in mitt namn i rutan: jag har blott en flinta här i västfickan, jag har lust att försöka, om hon sagt sant, då hon påstod, att därmed kunde glas icke skäras.

Han tog upp och försökte. Men antingen flintan var för trubbig, eller han inte tordes åstadkomma buller genom större ansträngning: med ett ord, han kunde inte rista något märke. Då lutade han sig sorgsen tillbaka i sin stol och lade huvudet mot karmen. Du är utan diamant, Albert! blunda och sov ... och fäll ihop dina anspråk! Allt dimmigare vart det för hans inre syn; allt trubbigare och gråare gestalterna därinne. Pulsarna slog utan hetta: helt långsamt och dovt klappade hjärtat. Universum var ganska ledsamt. Han somnade.

Femte kapitlet

Mycket, mycket blir nog övrigt ändå,
som vi får tacka varann hjärtligt för,
menar jag: och som inga pengar kan gälda

Om morgonen knackade det näpet på dörren. Albert for upp i sin stol: även en liten rörelse förmärktes där borta på täcket. Den i låset utanför kvarglömda nyckeln vreds helt vackert om, dörren gick upp och in trädde Annette med en kaffebricka.

—Förlåt, sötaste herrskap, att jag dröjt med kaffet! sade hon, talför och beskäftig, såsom det stundom händer uppasserskor i småstäder att vara. Herrn är redan uppe, ser jag? förlåt! jag vet, att resande annars helst dricker på sängen, men Gud vet hur det kom sig i dag, klockan är redan halv sju; de många baronerna höll oss länge i sväng i går afse, innan allt vart skräpat till lags som de ville ha det. Gud låte det nu smaka och vara klart!

Sara höjde huvudet och satte sig litet mot kudden. Annette gick fram till sängen, neg och bjöd, och vände den sidan av skorpkorgen, där den skönaste skorpan låg och lyste, fram åt s'ta frun att ta.

Albert hade emellertid dragit på sig stövlarna. En knappt märkbar nick ifrån Saras huvud utgjorde ett tyst god morgon. Detta lilla sken ifrån hennes nyvakna glada ansikte var för honom en uppfriskande morgonrodnad. Han tyckte sig bli varse, att hon vinkade åt honom; han gick fram och satte sig på den breda sängkanten, varigenom den under natten obegagnade delen av bädden töjdes ned. Annette bjöd nu honom sitt kaffe. Han tog och det smakade.

—Befaller herrskapet mer? frågade hon beställsamt i dörren.

Varför inte, sade Albert. Hon gick ut.

Efter en stunds förlägenhet anmärkte han: Bästa Sara, jag inser hur du med rätta förargas över de falska titlar folket ger dig och mig; men under resan besparas oss många ledsamma uttydningar och dumheter, om detta får ha sig så som det en gång tagit sig för att begynna ... eller ...

Jag har insett detsamma, svarade hon, och förargas inte. Jag skulle för ingen del ha velat utsprida en osanning, men då den gjort sig själv, så ... och ... Albert, jag är mycket glad, att du nyss inte missförstod mig, eller misstyckte, då jag vinkade till dig att komma hit och sitta ned den där delen av sängen ... det är en förskräckligt bred och rar säng det här, jag har sovit som en drottning ... men jag vill inte att flickan skulle märka, att den där delen varit obrukad: hon skulle därigenom fått underliga tankar om oss.

Albert tog på sig sin rock, nalkades dörren och sade: Jag skall gå ned och se efter, att de spänner för.

53

Han gjorde så. De beställda hästarna hade kommit; också en parvagn, hö och halm hela bottnen full, samt två sitsar, bestående av vanliga hårda bondstolar. Hon tycker inte om de här bondsakerna hon, det har jag hört: gästgivaren måste låna mig en sits med dyna, sade han för sig själv.

Han gick, och efter en stunds parlamenterande fick han en sådan: den bands med nya grimskaft fast över framvagnen. Men, tänkte Albert åter, här mitt över axeln emellan framhjulen skakar det förbannat. Det är bättre, att bonden själv sitter där och kör, och vi sätter oss i eftersitsen mitt emellan axlarna, där. Annars är jag själv mest road av att köra och sitta längst fram; men Gud vet om hon blir glad åt att ha hästsvansarna så nära sig: nästan ända in på fötterna. I synnerhet då det bär utför och hästarna håller igen, har man dem ända upp i knäet på sig. Sådant roar mig: men hon, tror jag säkert, muntras inte av så lantliga upptåg: jag skall gå upp och fråga var hon vill sitta.

Sergeantens artiga omtänksamhet gick här kanske ända till barnslighet. Emellertid hoppade han elastisk och glad uppför trappan, var vid dörren, låste upp och gick in. Sara stod redan på golvet, påklädd och färdig från topp till tå. Hatten var likväl inte ännu anlagd, och den sex kvarter långa hårflätan inte hopvirvlad i sina ringar, för att ligga ovanpå nacken till kamfäste.

—Nu riktigt god morgon! sade hon. Vi har inte ännu hälsat på varann? Jag har sett genom fönstret, att vagnen där på gården redan är framme. Men ... tillade hon med en mild, helt sakta och litet svävande röst ... du har farit bra illa för min skull i natt?

I hennes gestalt, där hon stod på golvet, låg härvid ett uttryck av stor tacksamhet, förenad med nöjet av ett obegränsat förtroende till hans person: och till på köpet låg ändå i det uttrycket en inte så liten blandning av kvinnlig skämtsamhet.

Albert svarade inte. Men det var omöjligt för honom att i detta ögonblick inte göra det han gjorde. Han tog henne i famn och kysste henne helt hastigt.

Sara Videbeck gick strax därefter bort till deras packning, för att se över och betänka hur allt skulle läggas i vagnen för att fara väl. Då Albert stod i dörren för att gå efter bonden, vilken skulle bära ned sakerna, vinkade hon honom tillbaka och sade:

Jag har överlagt något. Det är bäst att du ensam skriver i dagboken under resan och likviderar skjutsen, ty skjutspojkarna kan sällan addera, och de förargar mig så när jag skall räkna med dem, att jag mister humöret. Men se här min andel i skjutsen, beräknad härifrån och till Mariestad, ena hästen för mig, 24 skilling milen, 15-1/2 mil, gör 7 rdr 36 sk.; vagnpengarna 46-1/2 sk.; ökad skjuts ifrån städerna Arboga och Örebro (flera städer får vi inte), och nattkvarter, alltihop tillsammans 11 rdr 6 sk. Se här: jag tror inte jag räknat rasande, ty jag är van och kan det. Räkna ändå över själv.

Förödmjukad och med sänkt huvud svarade sergeanten inte, men höjde inte heller upp handen för att ta emot de ur börsen framrullande silverpengarna.

—Bästa Albert, inföll hon sorgset, kanske har jag misstagit mig, och du reser inte med så långt som till Mariestad? Jag tyckte i går någon gång, att du sade du skulle till Vadsbo härad och så långt ned som till Mariestad? Jag beräknade vår gemensamma skjuts dit: har jag haft orätt, så säg mig ...

Inte grubblade jag därpå, svarade han. Men jag nekar inte till, att det skulle ha roat mig, att få betala all den förbannade skjutsen ensam av mitt så länge, ty jag är inte precis gäldstufärdig; och när jag till slut inte längre fick åka i ditt sällskap, så kunde vi ju alltid då ha likviderat oss emellan sedan ... och ...

Sara såg på honom med stora ögon. Jaså? sade hon till slut och slog den halvsorgsna blicken litet åt sidan. Nej, Albert, var inte en sådan där pratmakare. Alla likvider efteråt blir svåra för folk, som tycker om varann. Du skulle bli lika förlägen då, som nu, att ta emot min andel; och jag skulle vara ännu förlägnare, ja, sitta som på nålar, för att till slut kanske inte få giva den. Att stå i sådan där tacksamhet är olidligt.

Min Gud, Sara, är då ömsesidiga tjänster ... är ... ja ... tacksamhet, människohjärtan emellan, en så olidlig känsla?

—Tacksamhet ... Albert! (hennes ögon höjdes underbart härvid) det finns saker, som man aldrig kan avbörda: ljuv är tacksamheten då, och att stå i evig skuld till någon det är ljuvt då. Men skjutspengar, och pengar för mat, och för hyra, och slarv, det må vem som vill stå i tacksamhet för, men inte jag. Nåja, det begrips, att om jag inga pengar hade, så fick jag hålla till godo och ta emot; skämmas, blygas och tacka: gråta och tacka. Men för att slippa det, ämnar jag låta bli att nånsin lättjas; och så länge möjligt är, tänker jag skaffa mig medel. Tala inte därom, ta pengarna här i handen, Albert! och var en karl ... Ack, mycket, mycket blir nog övrigt ändå, som vi får tacka varann hjärtligt för, menar jag, och som inga pengar kan gälda.

Den tår, som härvid hängde glänsande på det yttersta av hennes långa, mörka ögonhår, föll ändå inte ned; den drog sig småningom åter in i ögat. Således, utan att det vart gråt av, ökades blott blickens sken, och den glimmade överjordiskt.

Albert började fatta, att det alls inte var lågt gjort att ta emot de där pengarna. Han tog dem; ja, han gick till och med så långt, att han helt noggrant, liksom fångna ur krämarhand, räknade dem. Han fann summan riktig, och bjöd till att yttra helt kallt och bastant: du har räknat rätt, Sara.

Hon förstod den seger han vann över sig, och belönade honom med en egen slags nick: det visste jag, sade hon men det skadar inte att två adderar; det blir då alltid dess bättre gjort. Härmed tog hon sin långa fläta, ringlade den nätt under kammen i nacken, satte hatten på och nalkades dörren.

Sergeanten glömde fråga om sitsernas läge. De kom ned på gården och tillsade skjutsbonden att gå upp efter sakerna. Han gick och kom ned med det ena efter det andra, vilket allt Sara ordnade i den långa vagnen, under det att Albert gick in till gästgivaren, betalade och skrev i dagboken.

—Pass skulle väl också ses, yttrade värden, men för herrskapet kan det inte behövas.

Ja bevars, se här, om det äskas. Albert vek upp sitt pass för hans ögon.

Han läste. Serg ... Serg ... ja, det är mycket bra. Frun står väl inte nämnd här men det gör ingenting. Det är alltför bra.

Ja, herr värd, inföll Albert, sanningen att säga, när jag tog ut mitt pass, ämnade jag resa bara ensam. Men det vet herrn, att man ofta kan ändra tankar, och så tog jag henne med efteråt; fast jag inte ville besvära polisen med att skriva nytt pass.

—Nå, det begrips; vad gör det också? Ordentligt folk, som reser anständigt och betalar, frågar man aldrig efter pass. Lycklig resa, herr sergeant! jag hoppas herrskapet skall bli nöjt med hästarna. Det är mina egna.

Jaså, herr gästgivare. Nå kanske jag då medsamma får erlägga skjutsen till Fellingsbro, så är det gjort.

—Nej, det behövs inte; fast det kan också gå an; drängen är supig.

Se här ... fem fjärdingsväg ... och se här litet över till ... vart gick Annette? var så god och tag detta för hennes räkning.

—Tackar ödmjukast. Ett glas, herr sergeant, för min egen räkning, om jag får bjuda! så här på morgonkvisten skadar det inte. Säg, skulle det inte gå an, att jag fick bjuda frun därute ett glas? Jag har fin malaga.

Jag räds att Sara inte vill ha, så här tidigt.

—Det måste tillvänjas, herr sergeant. Topp! jag slår vad om att frun är från Västergötland? ett förträffligt val, som herr sergeanten gjort: jag vill nu önska, att bondvagnen är till lags och inte skakar för mycket; men när man inte har eget åkdon, får man nöjas. Jag är själv gift från Västergötland, där finns det bästa folket. Jag är skam till sägandes släkt med en, som är släkt med själva Hörstadius. Jag har sett herr sergeanten en gång förr: lång, vacker, ståtlig karl! och jag hoppas att ännu en gång få ... på uppresan ... mjuka tjänare ... mjukaste tjä ...

Sergeanten kunde inte neka att dricka; men gästgivarens nästan faderliga huldhet och förtrolighet stötte honom en smula, och påminde honom tydligt om hans egenskap av underofficer.

Utkommen på gården, såg han Sara redan sitta i vagnstolen. Värden kom efter med sitt glas på brickan. Tillåt! tillåt! myste han.

Men Sara vände bort huvudet och yttrade förtretat, halvhögt: Med sådant upptar jag inte tiden, i synnerhet inte om morgnarna.

Albert kände en viss sveda, sade intet, men tog tömmarna jämte piskan, och satte sig upp. Han körde ut genom gästgivargårdsporten, och höll i sin tankspriddhet på att köra fast.

—Å då, se nu, se nu ... det här går inte an! ropade hon.

Sergeanten förargades, emedan han berömde sig av att köra ganska väl. Han ryckte till hästarna med tömmarna, gav dem en pisksläng, och for av ut genom porten och sedan bort över Arbogagatorna fram till västra tullen, så att det rök om gatstenarna. Att vagnen härunder skakade och hoppade, kan man föreställa sig. Kör vackert, herre! erinrade drängen, som satt i stolen bakom och reste sig till hälften. Hut, lymmel, sitt ner och håll käften! röt sergeanten.

Man var nu kommen på landsvägen, vilken jämn och ypperlig tillät en ganska hastig fart, utan att någon därav kunde finna sig stött. Drängen teg också och slumrade in, i synnerhet som det inte var hans egna hästar. Sara hade suttit småhäpen alltsedan porten, och en eller annan fruktande blick, kastad åt höger, utgjorde en spaning efter om Albert månne var riktigt ond?

När sergeanten körde hästar, var han gärna så upptagen av detta nöje, att han inte såg eller hörde på annat. En halvtimme, eller hel, yttrades inget svenskt ord.

Sara sade en gång: Det dammar! Denna sanning var ovederlägglig och således inte vidare att behandla.

Sara sade efter en stund igen: Det dammar förbålt! jag tror jag tar av mig hatten.

Sergeanten hade emellertid tämligen återkommit till lynne, så att han väl inte svarade på det som sades, men dock frågade: Vill du hellre sitta i efterstolen? jag ser på blacken där, att han ständigt slår dig med sin långa oklippta svans på kängorna.

—Det har jag inget emot, han dammar av dem.

Nå, det är gott. Då bryr du dig kanske inte heller om att sitta i eftersitsen?

—Bredvid drängen? har du då här i framstolen inte rum att köra, nu som det är?

Åjo; men drängen skulle kunna få sätta sig hit att köra, och vi satte oss bägge i efterstolen: där skulle det skaka mindre för dig, Sara.

—Jag kan inte säga, att det skakar just. Värre skakade det på Arboga gator.

Men om du skulle ta av dig hatten för dammet, som du säger, vartill tjänade det? Inte kommer det att damma mindre för det?

—Nej, men en vit kambrikshatt, som dammas ned, måste genast tvättas: och det är besvär, ty den måste tvättas i själva sjön med borste. Däremot en silkesschalett far dammet straxt av, bara man slår den ett par slag över handen.

Ja, om du vill byta om på huvudet, så skall jag genast stanna och vi stiger ur.

—Eller om jag skulle ta upp paraplyn och hålla emot dammet?

Dammet bär sig inte åt som regn ... avbröt sergeanten ... vilket blott faller ovanpå en paraply. Dammet stiger upp inunder och kommer en dessvärre kring huvudet; jag tycker inte om paraply i vackert väder.

Sara teg. Man åkte åter en kvart utan samtal. Men vid denna tidpunkt vaknade drängen och böstade så, att det liknade en revolution i bakre delen av vagnen.

—Vad ämnar han företa sig med våra saker! skrek Sara och vände på huvudet. Albert saktade hästarna och såg sig om: det var ändå inte farligare, än att drängen vridit sig om på den vänstra sidan, för att försöka en lur på den.

Men härigenom kom Albert tillbaks ifrån sin förstämning, skrattade åt den groteska ställning arbogasovaren intagit under sin inböjda hatt, och sade: Vet du, Sara Videbeck, efter att vi nu en gång stannat, så håller jag en smula: hästarna kan flåsa ut, vi har kört raskt: och då får du emellertid byta om för dammet allt vad du behagar.

Han hoppade av, gick omkring åkdonet och gav sin reskamrat handen för att hjälpa henne ned. Hon ställde sig upp, men letade länge efter fotfäste för sin blanka kängspets. Hjulnavet föreföll henne tjärigt att stiga på. Sergeanten tyckte hon letade för länge, varför han släppte hennes hand och tog henne i stället hel och hållen, lyfte henne till marken och sade: Nu skall du få se, att du genom åkningen blivit ovan att stå.

Å, jag mår rätt bra, och nog kan jag stå, tycker jag. Men visst kör du rätt fort, Albert, i synnerhet på ... vet du, magistraten i Lidköping har gjort ett förbud för resande, att fara på fyren genom gatorna.

—Det var en dum magistrat, Sara. Jag tör akta mig för att resa till Lidköping. Men uppriktigt, är du inte törstig i detta hundsfottsdamm? Jag vet en liten källa här upp i backen. Tycker du inte, att denna nejd är ganska vacker?

Kallas det här en nejd? har vi långt till Fellingsbro?

—Men har du då inte kärlek för vackra landskapsstycken?

Landskapsstycken? frågade hon och såg sig liknöjt omkring. De är så sällan naturligt målade, Albert. Mamma hade ett par landskapsstycken hängande där hemma, sedan pappas tid, på väggen i verkstaden; men jag har låtit bära upp dem på vinden.

—Jaså. Men finner du då inte, att här är en utsikt? Se ditåt ... dit längst bort västerut ligger det sköna Frötuna, Dalsons förr, nu greve Hermansons egendom.

Utsikter har vi åt alla håll, vart jag vänder mig, tycker jag. Men säg, är det här då inte en socken? I Västergötland har vi alltid socknar, så fort vi kommer utom staden. Och varje socken håller sin ämbetsmästare i skomakeri och skrädderi, som får ha pojkar, men inte gesäll. Men det gläder mig, ännu har socknarna inte kommit så långt, att de håller egen glasmästare, mig veterligt åtminstone inte socknarna vid Lidköping; ty det vet jag, att jag har många gånger skickat ut till Råda, Åsaka, Gröslunda, Sävared, Linderva, Hovby, Trassberg, ja ända till Skallmeja, och låtit sätta i åt dem.

Sergeanten hade under tiden ställt sig framme vid hästarna och småtalade med dem, då det syntes honom omöjligt att bringa den vackra flickan till något förnuftigt samtal över landsbygdens behag. Torde likväl till hennes ursäkt böra anföras, att nejden emellan Arboga och Fellingsbro inte är överdrivet skön.

—Vad väg for du upp till Stockholm, Sara? frågade han efter en stund, sedan hon städat in sin hatt i en vederbörlig ask och i stället satt en ljusgrå, stor, blank och vacker silkesduk över huvudet.

For upp? sade hon.

—Ja, Sara, for du inte samma väg upp till Stockholm, som vi nu reser? Jag tycker du är något liknöjd för vägen och föremålen här?

Jag köpte mig en biljett på Thunberg, svarade hon, satte mig på den utanför Kållandsö, då den passerade från Vänersborg; och sedan seglade den och for med mig härs och tvärs, ända tills den kom till Stockholms Riddarholme.

—Men jag tyckte du i Arboga hade väl reda på gästgivargårdar och städer, som vi nu har att färdas förbi och igenom på denna väg?

Det förstås, att jag skulle ha reda på dem, då jag ämnade ta den här vägen på återfarten, och det gjorde jag för att jag har uträttningar i Örebro och Hova. Jag skall sälja litet spegelgods där åt Selin, det kan betala resan. Och det är ingen konst att veta besked på gästgivargårdarna: se här skall du få se, Albert, jag har gjort en lista på alla ställena, med miltalen, som jag skrev upp i Warodells bod i Stockholm, efter en uppgift jag fick. Och den listan läste jag över utantill i går afton, innan jag somnade.

Albert såg på hennes lista och fann en ganska läslig fruntimmersstil. Och detta låg hon och inpräglade i sitt minne innan hon somnade i går afton, just då jag ...! (förkrossande tanke, som genomfor Albert). Du sysselsatte dig sannerligen inte med intressanta ämnen innan du somnade, sade han högt och med en syrlig blick.

Jag läste över alltihop, fjärdingstal och namn; det var inte ledsamt. Och så räknade jag i huvudet ut min andel i skjutsen, för att veta hur mycket jag borde lämna dig på morgonen före avresan: det var roligt: jag tänkte på dig därunder ... och somnade hastigt och gott.

Jaja, det sista var just ett ämne att genast somna av, anmärkte Albert. Nu hade hästarna pustat tillräckligt, och sergeanten, inte i bästa lynne, förargad åtminstone över människors sömnförmåga, gick bort till drängen och väckte honom med en duktig stöt. Hans, Mickel eller Fähund, vad du heter, är det att sova så, när man skall köra resande? upp fort och ned ur sitsen med dig!

Drängen, yrvaken och häpen av den grova, stränga rösten, skuttade lydigt och slavisk, såsom tjänare i städer ofta är, ur vagnen. Va falls? sade han.

Jo, knyt upp grimskaften här och ändra stolarna. Sätt din bondstol där främst, och sätt dig själv i den och kör. Vägen fram till Fellingsbro är nu så jämn och god, att det största nöt kan köra den. Jag är endast road av att köra, då det är svårt och kinkigt. Så, låt det gå fort, säger jag, sömniga rackare! Och bind den här dynstolen baktill, mitt över vagnen, så sätter vi oss i den.

Drängen blev småningom galant, och uträttade prompt herr of'sérns order. Sara Videbeck yttrade under hela detta samtal ingenting, men smålog då och då åt vissa pikar, som hon begrep.

Man satte sig upp på det förändrade sättet. Drängen körde nu och blev genom denna syssla snart alldeles ypperlig. Han ville visa sin hurtighet, smällde och körde, så det bar av som självaste fan, enligt skaldens uttryck.

I rappet kom man till Fellingsbro. Se, vilka stora, vackra, rödbruna hus! var Saras första ord efter den långa tystnaden. Hon menade förmodligen de tvenne Fellingsbrobyggningarna, som vänder gavlarna åt landsvägen, står så symmetriskt med den rymliga, fyrkantiga, rena gården emellan sig och trädgården i fonden, samt skyddas för bönder och lass genom sitt staket utmed vägen.

Albert svarade inte på hennes utrop om husen, steg av, gjorde hastigt upp affärerna, och fick hästar till Glanshammar, jämte en lika bra vagn och stolar. Ånyo satt man upp: den nya skjutsaren, en brunskrynklig, men pigg gubbe, fick köra sina hästar själv; och därpå förlorade man inte, ty han durkade av på den goda vägen ganska flinkt. Efter en stund vände sig vägen åt vänster, söder, och man kom in i skogen. Gubben talade oupphörligt ett dovgrovt och muttrande språk till sina hästar, vilket, utan att vara svenska, dock begreps av dem; här kan det likväl inte återges. Glad att ensam få handskas med dem, hörde och såg gubben ingenting annat än vägen och dem.

Sjätte kapitlet

Vad? är hon i stånd att rysa? tänkte Albert,
nå Gud ske lov! Då är hon likväl ...
Vad ryser du för, Sara?
sade han högt

Vad jag tycker om den här skogen, Albert! sade ressällskapet, under det de fortfor att åka ifrån Fellingsbro och kom in på skogen Käglan. Orden yttrades med en nästan smekande röst; hon tyckte förmodligen det var ledsamt att så länge sakna samkväm. Sergeanten såg åt hennes sida och tänkte: hon har dock ett sinne för det sköna landet? Till hälften blidkad sade han därför ... nej han sade ingenting, men han hade dock i faggorna att tala.

Med varmare och ännu mer smekande stämma tillade hon efter ett par minuter: Ty här har man då skugga emot solen, och så slipper man dammet!

Så ... intet vidare? tänkte sergeanten och teg durchaus.

Sara Videbeck drog av sig sina handskar, emedan hon kände sig svettig om fingrarna. Hon vecklade ihop dem och stoppade innanför kapotten.

Därpå började hon vifta med de bägge vita, knubbiga, genom sina gropar, skalkaktiga händer upp och ned i luften, för att svala dem.

Efter en stund sade Albert milt, men underligt, liksom om han vaknade upp ur någonting: Säg mig, bästa, goda Sara! händer det dig aldrig om nätterna, att du drömmer?

—Jojo, vad det händer.

Men det är väl mycket länge sedan? du har kanske aldrig drömt alltsedan du var ett litet barn?

64

—Jag? jag drömde i Arboga i natt.

Ah! ... nå, det kan jag inte få veta?

Sara höll stilla med sina händer; hon lät dem ligga nere i knät, och de såg där ut liksom sammanknäppta. Min dröm kan jag inte tala om, sade hon med låg röst; men det var en ganska vacker dröm.

Albert inföll: Jag, för min del, drömde inte sedan jag somnat i natt, men väl förut.

—Å ... det kan jag aldrig tro? Fast, avbröt hon sig själv, var och en drömmer på sitt eget vis, och det är väl också det bästa.

Sergeanten tog en av hennes händer. När du drömde i natt, hade du även då dina bägge händer så här sammanknäppta?

—Jag minns inte var jag hade händerna. Fast det minns jag väl ändå, tillade hon tyst och nästan innerligt.

Inte drömde du om, att du var i en skog åtminstone? det vill jag slå vad, och inte att du var på landet heller ...

—Och inte heller att jag var på sjön, Albert! Nej, jag drömde, att jag var i en liten, liten kammare med rosiga tapeter, och att jag malde krita ...

Pah ...

—Och ... lika mycket, Albert! ... jag kan väl tala om det (fortfor hon i samma ton, utan att märka hans näsryckning), jag drömde mycket om dig därunder.

Och jag malde väl också krita?

Hon såg upp på honom med ett stort, varmt ögonkast, men slog ned det, liksom träffad av en dimma. Hon svalde omärkbart en begynnande gråt, hämtade sig dock och sade: Det är just det jag mycket väl begriper, Albert, ty du är officer: jag hoppades ändå, att du skulle vara mera underofficer, än du verkligen är.

Detta tal var ren arabiska för sergeanten, och den undrande blick han gav flickan, sade henne tillräckligt, att hon pratat obegripligheter. Hon drog sin hand tillbaka ur hans.

—Så kan man drömma (sade hon, som det tycktes, mest till sig själv), och när man vaknar, är det allt på ett annat sätt. Därför är det bäst att var och en lever fri för sig själv, på sitt vis, och inte bråkar sönder'et för en annan. Man kan vara goda vänner ändå, och det är bäst så. Det är allra ljuvast, när det är bra, och man gör inte sin nästa förtret.

Albert runkade på huvudet. Hon talar ur sin dröm, tänkte han. Emellertid fortfor hon:

—Och Gud vet väl bäst, hur han vill ha människorna, men inte begriper jaget. Det är ändå bäst, att man lever som Gud har skapt en.

Dessa breda ord föll sig i sergeantens öron så löjliga, att han var på väg att ge till ett gapskratt. Men av vördnad för uttrycket i flickans ansikte, som såg ganska tankfullt ut, höll han sig tillbaka och försökte att komma in i hennes egna tankegångar.

En upplysning måste Sara Videbeck ge mig, inföll han. Din mor har fört ett olyckligt liv med din far; det hörde jag av dina berättelser i går; men tro inte därför att allt ont kommer ifrån karlarna ...

—Det må jag väl veta, svarade hon; jag känner ju svarvarålderman Stenbergs? hans hustru är en så svår ragata, att karlen kan förlora hela levernet för hennes skull. Och bättre är det inte hos Sederboms, där frun är småpjollrig, och karlen går fånig av sorg. Än hos Spolanders då? och Zakrissons? Det är likadant överallt, bara en kommer dem så när, att en får skåda dem i buren. Och de slutar inte förrän de gjort varann till riktiga uslingar på ömse sidor: det kan jag aldrig gilla.

Din far, Sara, hade han allt från början varit så stygg emot din mor?

—Gud vete det. Jag var inte född då och såg dem inte strax. Men min mor, stackare, bar sig väl alltid åt på sitt vis, kan jag förstå, oaktat hon arbetade med sig; hon var nog från början allt ordentlig, tror jag säkert; men tillika ändå slösig, svår; och hennes sätt, det var aldrig för rart eller just rätt trevligt, kan jag tycka. Så att far, vilken återigen också var på sitt vis, blev småningom sådan där ... och slutligen ond och alldeles befängd ... usch!

Detta blir för ängsligt, kära Sara; låt Lidköping vara som det är, vi har inte hunnit dit än. Vet du vad den här skogen heter?

—Ja, jag tänker Gud förlåter mig, att jag är som han har gjort mig. Nämligen på mitt bästa vis, det förstås. Men att jag skall pina en annan ända innerst i helvete, eller att en annan skall köra mig ditin, det är onödigt. Vad skogen heter, Albert? det bryr jag mig inte om. Men det vet jag, att Gud har gjort stjärnorna och hela himmelens här; och allt vad täckt och gott står på jorden, det har Gud gjort, och Kristus har kommit till vår frälsning. Fast jag inte är en läserska, kan jag väl förstå, att Kristus inte har något emot att människorna håller av varann på vackert sätt och fyller det första Guds budet; men att det tillgår så, att de gör varann till djävlar eller fånar, det måste han själv inte gilla. Men folk har hittat så mycket dumt tyg till varandras elände; och det allra värsta är, när de fått i huvudet på sig, att det skall tjäna dem till gagn. Vad dig anbelangar, Albert, så är du yngre som karl, än jag som kvinna; även om du kan vara ett år, eller par, äldre än jag, såsom människa beräknad. Därför är du ock oklokare än jag, och jag vet mera: fast du känner annat, som vackrare och gladare är. Du skall ändå inte tro, att jag är ledsam av mig; jag är lätt och frimodig som en fågel; och det må du vara säker på, att jag tänker alltid behålla mina vingar. Kan också du flyga, så är det väl, men är du bara en pratmakare, så säg så gärna ifrån strax.

Stor och grandios paus.

—Att du kan bli ond och stött, fortfor glasmästardottern, det har jag sett, och det må gärna vara. Bara du ville bli rasande över reella saker. Fast (tillade hon med sänkt röst) det är

67

omöjligt att beräkna i förskott, eller föreskriva: det har jag nog tillräckligt märkt och erfarit: vad som allenast rispar nageln på den ena, går in i hjärtblomstret på den andra, och bränner upp en som gift. Gud vet väl bäst, hur han vill ha människorna; men jag begriper't inte.

Sergeanten tyckte sig i hast tjugo år äldre än för en stund sedan, och han yttrade: Sara skall få höra hur det varit beskaffat med mig. Inte är jag en ämbetsmästare, och det lär du i avseende på husliga förhållanden inte stort värdera, om jag skall döma efter dina utsagor både om din far och om de övriga åldermännen i Lidköping. Men officer är jag heller inte, som enligt ditt språkbruk vill säga, att jag är varken dagdrivare eller pratmakare, åtminstone inte i stor skala. Jag är således underofficer, jämnt och rätt. Vad som gjorde, att jag tyckte så mycket om dig i går, kan jag nu inte påminna mig; och jag är rädd, att berättelsen om det för dig skulle låta alltför litet reellt. Du ... vad ditt hurtiga sätt att tala anbelangar, och ditt myckna undervisande ... så är du så riktigt ifrån Västgötakanten, som någon flicka kan vara; men jag själv är så besynnerlig, att jag inte håller mindre av dig för det. Utan tvivel borde du då fråga mig, vad jag är för en, och var jag är född? Du har inte frågat det, och jag bekänner, att denna likgiltighet har sårat mig litet. Men om små sår är nu oss emellan längesedan förbi att tala. Jag vill därför rätt och slätt säga dig, att stora vingar har jag inte att flyga med, men saknar inte dun helt och hållet. Min tjänst för kronans räkning är obetydlig; emellertid äger jag därigenom rättighet till uniform och exerciserna har fått pli på kroppen. Det är vad en karl mest behöver, och ... såvida han inte inalles är en dum, ohjälplig hund ... kommer han därmed så långt han vill i världen. Ty att lära sig kunskaper, det är en lätt sak för den som vill. Med pli och skick är svårare: och jag vill inte gå längre efter exempel på det, än till dig själv, Sara; du lär inte fått lära stort i världen, om jag undantar att du gått i läran på verkstaden; men inte dess mindre är det inte prat av mig, då jag säger, att vackrare pli på kroppen har ingen flicka än du. Jag har sett många och varit mångenstans, så du kan lita på mitt omdöme. Men jag kommer igen till mina egna utsikter: jag reser nu till Vadsbo härad, och skall sedan ända så långt ned som till Grävsnäs, Sollebrunn och Koberg. Jag gör årligen ett slags handelsresa ... uppköp och inspektion tillika ... ja, jag kan inte förklara det närmare ... till vissa gods och egendomar, som tillhör familjen S, med vilken jag på avstånd ... mycket avstånd, Sara ... är besläktad. Jag drar härav inkomster i viss procent, utom nöjet att se mig om. Jag har aldrig gjort någon människa orätt, och ämnar i all min dar låta bli det. Längre sträcker sig inte mina vingars flykt! Dock kan det hända, att om jag efter några år lagt ihop en summa, så köper jag mig en liten egen gård i Timmelhed, bortåt Ulricehamn, till, där jag har bekanta. Dit vill jag likväl inte locka dig, du, som kanske skyr landet, likasom jag inte särdeles älskar småstäder, annat än som resande, och gärna åker ut ur dem så hastigt jag kan. Du ... för din del ... är glad och välvillig när det bär åt: och det är således åtminstone en punkt, vari vi sammanträffar: det torde finnas flera, bara vi hittar dem. Antingen du brukar silkeshuckle eller hatt, tycker jag om dig i bägge fallen. Du skriver, som jag sett, en god, läslig stil. Men slutligen har jag mycket smak för att vår och sommar plantera blommor ...

—I kruka?

Nej, för sju tusen djävlar, på öppen mark, eller på sin höjd i drivbänk, om blommorna är av den sorten, att de inte tål kall jord. Dock varför inte i kruka även, för att ha i sitt fönster?

—Vita levkojor?

Alldeles: det passar bra och ger en god lukt i rummen. Men då måste likväl ...

—Ja, man måste då i fönstern ha rutor av rent, fullkomligt vitt glas, Albert! ty grönaktigt, grovt glas som somliga stackars borgare nödgas nöja sig med, sticker så av emot vackra blommor, att då är det bättre inga ha i sina lufter. Annars tycker jag mycket om lavendel, som har en gråblå färg och går bättre ihop med rum, där en bor med mindre förmögenhet. Ack, Albert! du skulle se min lilla kammare ... jag har levkojor! Fast, det är sant, du reser bara med till Mariestad, och jag får åka ensam sedan på den kala, sandiga kusten mellan Mariestad och Lidköping ... ack, det är den naknaste, fulaste väg! Jag blir ängslig, när jag tänker på den färd, jag där skall föra.

Varför skulle jag bryta av vid Mariestad? det är inte bestämt ännu. Och inte heller börjar, som du säger, den fula vägen genast på andra sidan om Mariestad: man har, utom mycket annat, den härliga Kinnekulle att fara förbi mellan Mariestad och Lidköping.

—Nå, det kan hända, att man har Kinnekulle någonstans; men flackt är det där i socknarna, så mycket minns jag; ty till Mariestad har jag en gång åkt ifrån Lidköping. Och lappri vore väl det också, antingen där vore flackt eller inte, men jag ryser vid tanken på att ...

Vad, är hon i stånd att rysa? tänkte Albert, nå Gud ske lov! då är hon likväl ... Vad ryser du för, Sara? sade han högt.

—Ja, det kan jag väl säga, fastän det låter barnsligt. Jag tycker det är tråkigt, att åka på bondkärra och ha en drös vid sidan. Därför har jag också sällan själv åkt ut på beställningarna i kringliggande härader, utan mest alltid skickat verkgesällen eller någon av de pålitligare pojkarna: fast därpå har jag lidit stora förluster, men en kan inte stå ut med allt.

Vad i Guds namn, har du lidit stora förluster?

—Jojo men. Det finns väl ingen i Lidköping, som ovuliga pojkar slagit sönder så mycket för, på vägen, innan det hunnit isättas. Men den förtreten kan smältas, det går inte till hjärtat. Nu får jag se hur min stackars mor mår, när jag kommer ned.

Hon dör snart, kanhända, och det är väl, såsom du sagt, för henne det bästa. Då blir du ensam i huset. Men för att återkomma till vår resa, vad ger du mig om jag följer med, inte blott till Mariestad, utan ända till Lidköping?

—Ah!

Detta lilla utrop av glädje var ovillkorligt; likväl hämtade Sara sig genast, såg på sin reskamrat och sade: Du skall få, först och främst min andel i skjutsen ...

Det förstås.

—Och ... ifall du inte misstycker, skall du få en levkojkvist, inlagd i ett nytt skrin, som jag själv skurit glaset till, lagt guldpapper under och limmat ihop sidorna på. Därmed är jag ändå inte fullt nöjd. Nånå, vi funderar väl ut något på vägen, vi har ännu många mil dessförinnan, sade han.

—Och kanske, avbröt hon med en egen, ganska fin accent, blir du allvarsamt ond på mig redan innan vi kommer så långt som till Mariestad, så skils vi ... redan där.

Paret av de bägge nätta, välkrökta, mörka mustascherna höjdes på sergeantens överläpp, varav det är högst troligt, att han ämnade höja själva läppen, öppna munnen och tala: kanske nämna närmare om sin ersättning för mödan att resa ända till Lidköping. Men Sara hade knappt slutat de sista orden, då hästarna skyggade till, Gud vet för vilken ruska vid vägen; den brunskrynkliga skjutsbondgubben, på sitt vis lika flitig i samspråket med fålarna, som de två resande sinsemellan, hade släppt tömmarna allt för slaka, så att han inte i hast kunde hålla in dem, utan springarna tog till galopp och började skena. Närkes hästar är av en förträfflig ras och föds väl; eld, mod, iver att löpa utmärker dem. Själva Albert måste sålles snabbt resa sig upp och stå i sitsen; han ryckte tömmarna ur hand på gubben och drog in tyglarna barskt, så att de bägge rödblacka skimlarna måste kröka sina halsar likt höga sprättbågar, fnysa och sätta nosarna i bringorna. Skena blev således inte av; men gick gjorde det, så att hjulbössorna kunde ha tagit eld, om de haft lust.

Sergeantens lockar flög kring tschakot-kanten. Han tyckte sig nu åter vara minst sina tjugo år yngre tillbaka igen. Han tittade ned åt sidan: Sara såg inte alls ängslig ut under huj-farten, och detta fröjdade Albert mera och högre, än historieskrivaren är i

71

stånd att beskriva. Albert tänkte: här är dock nu ånyo en punkt, vari hon och jag sammanträffar. Kanske råkar jag någon gång ännu en.

Men verkligen är det inte omöjligt för en historieskrivare att följa med alla händelser; och inte går det an för honom att tala om allting, smått och stort? både vad som sades och inte sades? hände och inte hände? hur ofta hatten ombyttes för schaletten och tvärtom? Korteligen: de kom till Glanshammar, kom till Örebro, kom till Kumla, och kom än längre.

Men fastän åkdonet var på väg att skena på Glanshammarsvägen, gick dock resan sedan på det hela inte så fort, som efter första uträkningen. Ty nog måtte väl det vara bra mycket, att ha fyra nattläger emellan Arboga och Mariestad? Och att det blev så, måste slutas därav, att de körde in i Mariestad först tisdagen; de hade dock lämnat Stockholm torsdagen, såsom i början gavs vid handen: alltså sex dagar inalles, varav en på Mälaren och de övriga fem till lands.

Till en del kom väl dröjsmålet därav, att när de vid Bodarne, där en natt övervilades, om morgonen steg upp, var Sara inte fullkomligt väl. Hon hade inte förr varit utsatt för så mycken rörelse, och hennes ögon, ehuru nu nästan klarare än alltid annars, glimmande och fulla av högsta innerlighet då hon såg på Albert, visade likväl spår av att knappt ha sovit halva natten. Flickan, som kom in med kaffet klockan halv sju, var således högst välkommen. Förträffliga dryck vid ett sådant tillfälle, som morgonen! Men det är väl åter för enskilt att nämna?

Således är det bäst att genast vara i Mariestad. Det kan ingen hjälpa, att resan dragit ut sina sex dagar.

Mariestad njuter förtjänt det ryktet, att vara en av Sveriges skönast belägna småstäder. Vem påminner sig inte den öppna, vidsträckta utsikten över Vänern, tagen i synnerhet ifrån kyrkvallen? den stora, högt liggande kyrkan själv, som, redan innan man hunnit in i staden, bemäktigar sig ögats uppmärksamhet och drar den bort åt höger ifrån den lummiga allén, vari man (ifrån Stockholmssidan räknat) åker? slutligen,

72

när man kommit in i staden och hunnit ned på andra sidan om torget, den långa flottbron, idylliskt simmande på Tidaåns breda, klara vatten? och nu på andra sidan om bron det täcka Marieholm, landshövdingens residens, inte just prunkande med synnerlig höjd, men desto mera intagande genom den omgivande trädrika vegetationen? Landsfaderliga minnen från förträffliga styresmän över länet sitter liksom inflätade mellan de mjuka, för aftonvinden sviktande lönn-, björk- och hasselgrenarna med deras vajande löv.

Vem minns inte allt detta? Minnet beror likväl på om man varit i Mariestad; ty att blott höra talas därom tjänar föga; man måste med egna ögon se Tidans milda inbjudande utlopp.

Albert och hans följeslagarinna kom dit en himmelskt vacker juliafton. Någon omständlighet måste tillåtas historien på sina ställen. Ursäktas skall och bör därför, att vad som följer berättas.

Sedan de vid inresan nått torget, körde de inte rakt fram ned åt Marieholmsbron till, utan vek av en liten gata åt höger, som inte slutar förrän i själva Vänern. Ungefär mitt på denna gata låg huset, som tog emot trötta resande.

De steg ur här, besörjde om sakernas inbärande och allt gick bra. Men sedermera föreslog Albert, att, medan kvällen ännu var så ljus och vacker, göra en lustvandring i staden.

Sara hade på den sista tiden, alltsedan Bodarne, blivit tystare, inte just högtidlig ... det ordet passar inte ... men mera högstämd, och hon språkade inte så ofta om skråets affärer. Utom denna förändring märktes hos henne ingen annan, än den, att hennes vanliga skalkaktighet i blicken utbytts emot en viss himmelsk vänlighet och tillgänglighet för nästan allt vad Albert ville.

Utan att säga ett ord emot, lät hon honom ta sig under armen, och hon följde honom dit han ämnade föra henne. Han hade ingen plan med sin promenad. Således föll det sig naturligast och av sig själv, att de gick bort över torget ned till flottbron, stannade mitt på den och besåg Tidan.

Stående här och skådande norrut, hade de en gränslös utsikt över Vänerns aftonklara, vattrade duk. De kunde inte se var och hur sjön sammanflöt med firmamentet själv: det syntes allt såsom ett. Och det här heter Tidan? anmärkte hon med en liten runkning på huvudet; alldeles så flyter också Lidan ut genom vår stad, och ifrån dess bro har man även en lika stor ... stor ... stor utsikt över Vänern norrut, och uppåt ända till skyarna, när det är kväll såsom nu! ack Albert! Albert! jag påminner mig just här den stund, då jag och min mor stod på bron över Lidan ... och hon kastade ... kastade ringen bort ... långt ... långt ut ...

Albert ryste hastigt, tog henne åter under armen och gick, fastän hon knappt ville det, tillbaka bort ifrån Tidabron. Komna upp i staden igen, vände de sig åt trakten, där kyrkan står. Kyrkogården, omgiven av en låg stenmur och planterad med träd i flera grupper, ligger så nära Vänern, att man tycker sig ha sjön inunder sig. Och den gråa, höga, vördnadsbjudande kyrkan själv har man bredvid sig.

Sara bad att få sätta sig på en gravsten. Albert satte sig bredvid. Du är så tyst, älskade, goda Sara, är du trött? Hon svarade inte en gång på dessa hans ord; men han följde hennes ögonkast och märkte, att hon länge och nästan svärmiskt (sådant hade han aldrig sett hos henne förr) betraktade ett par små vackra barn, som lekte ett stycke ifrån dem i gräset: de rasade hurtigt och slog varann i ansiktet med levkojor.

Barnen såg varken fattiga eller rika ut, men ovanligt vackra. Albert vinkade dem till sig för att göra Sara ett nöje. De kom barhuvade och långlockiga. Sara höll med svårighet tillbaka en glimmande tår, teg, men klappade dem kring huvud och hals. Albert sade:

—Tänk likväl, Sara, om dessa vackra barn skulle sakna föräldrar?

Far och mor kan de inte ha varit utan, eftersom de är till.

74

—Men om deras far och mor ...

Dött? ja, då beskyddas de av Gud ändå, och av goda människor, som alltid finns. Jag vet en i Lidköping, som inga barn haft, men vars nöje bestått i att av sina medel klä upp och hjälpa flera små barn, vilkas föräldrar ... Albert ...

—Dött?

Nej, väl sämre! slogs och förskingrade varann till själ och kropp, och lät barnen gå där.

—Ett sådant slags barn har du själv en gång varit, Sara?

Och en barmhärtig moster, moster Gustava, som brukade smyga sig hem till mina föräldrar, har jag att tacka för, att jag är så pass folk som jag är. När pappa dog, vart det väl något lugnare och bättre hemma, fast mamma då redan var så förstörd och förslöad, att hon dugde till intet, och inte mer kunde repa sig, fastän det då annars kunde ha varit en möjlighet för henne att bli människa igen. Sedan har jag växt upp och tagit tömmarna hemma. Men jag är så, det vittnesbörd må jag giva mig själv, att jag vill förtreta och fördärva ingen; minst dig, Albert. Hiskeligt är och blir det alltid, att en människa skall kunna få en rättighet, varigenom hon sätts i ställning att in i döden förgöra en annan. Därmed vinner Guds vackra kärlek visst inga framsteg på jorden. Aldrig vill jag ha den makten över en annan, och åt ingen tänker jag ge den över mig.

Albert teg: han klappade barnen på hjässan.

—Ack, du tycker om små barn! utropade hon.

Utan att svara henne, sade han likväl: Om nu dessa barns föräldrar, Sara, var ogif ...

—Barnen ser goda och vackra ut; det tycks, som Gud och människor älskar dem.

Men om föräldrarna inte är gif ... inte ser om dem ... Vi kunde ju i stället för dessa barn, Sara, tänka oss utsvultna, trasiga, övergivna.

—Är föräldrarna goda och förnuftiga människor ... inföll hon milt ... så ser de nog om sina barn, så länge de lever; det vet jag så visst, som att ingen river hjärtat ur bröstet på sig själv.

Men om föräldrarna är elaka och oförnuftiga?

—Ja, i det fallet är de elaka och oförnuftiga, antingen gifta eller inte; och de handlar därefter, både emot barnen, sig själva och mot annat Guds skapade arma verk. Det har jag tillräckligt sett och skådat, Albert.

Men en skillnad är det ...

—Ja, en stor skillnad. Den skillnaden har jag nämligen sett vara, att om människor börjar med att vara goda och kloka, så kan de väl fortfara därmed och även tillväxa däri, om de får leva i sitt liv, som Gud skapat dem; eller ock beskedligt rättas av människor, därest de felar, som ofta händer. Men bringas de att vara natt och dag i ont sällskap, så smittas de till själ och kropp: och om de avskyr det sällskapet, men ändå nödgas umgås därmed, så händer det ofta, att de förbittras, retas och blir liksom djävlar.

Albert studsade, liksom alltid, vid detta ord; så fort han inte själv brukade det i svordom. Han viskade något för sig själv om läsare.

—Tänk vad du vill, Albert, men visst inte är jag en läsare, det kan du fråga dem själv efter; ty jag lämnar dig i din fulla frihet. När jag på gravstenen här talar om djävlar, så menar jag fördärvade, hiskliga människor, som man väl kan få skåda i städerna, och på landet med, tror jag.

På det sättet prövas människorna, Sara.

—Prövas? Jag tänker, att ingen, som vill människor rätt väl, tillställer en sådan prövning, där största delen går under i och rent i kvav. Och vilken är det väl tillständigt och anständigt, att med människor anställa en så helvetes prövning, att den slutas med helvetet själv? Det kallar jag inte prövning, men raseri.

Albert studsade ånyo och sprang upp vid de förfärliga orden. Helvete, raseri och djävlar hade aldrig ingått i det samtalsspråk, varmed han umgicks, utom, som sagt är, då han svor. Och i sällskap med Sara hade han aldrig gjort en enda ed, åtminstone ingen ställd till henne själv, varken god eller ond.

För att muntra sig, lyfte han upp barnen det ena efter den andra i sin famn, kysste dem varmt och såg litet skygg ned mot henne, som satt på gravstenen. Han fann henne i detta ögonblick se upp på honom själv och på barnen, och det tycktes som hon till hälften ämnade sträcka armarna efter dem. Han fästades underbart av denna tavla. Han var varken målare, musikus eller skald; han kunde således varken teckna, sjunga eller säga sig vad som så intog honom i den sittande, uppåt skådande kvinnans bild. Och hon var inte heller poetisk. Bilden av det rent och himmelskt okonstlade är likafullt någonting.

—Nu ... nu kom in, Sara! aftonen stupar allt mer; du kan bli kall. Jag ville inte för tusen världar att du skulle förkyla dig. Han gav barnen åter flera kyssar och små silverpengar; de sprang sjungande sin väg, och han tog Sara Videbeck under armen.

Förkyla mig? Det hoppas jag inte skall hända. Jag är ganska varm, Albert, fast det tör vara så, att du aldrig ser mig het, eller finner mina kinder glöda.

Innan de steg ut ifrån kyrkogården, vände hon sig om en gång, såg på det majestätiska, höga, grå kyrktornet bakom dem, och gjorde en omärklig böjning, liksom neg hon till avsked därifrån ... eller kanske till tacksamhet för det nöje, som hon njutit av de små på kyrkogården.

Alberts hjärta blev lätt igen, när han kom på gatan. Hon gick också lätt, frimodigt och nästan elastiskt vid hans sida. De började språka om resan och varjehanda förnödenheter. Innan de visste ordet av, var de komna till gästhuset, där deras saker redan befann sig i en rymlig, vacker, glad kammare.

Likväl blev det snart så skumt, att jungfrun kom upp med ljus, rullade ned gardinerna och frågade vad herrskapet befallde till afton? och om de ville spisa där nere i allmänna rummet, eller uppe för sig själva?

—Till en början gå efter matsedeln, jungfru lilla, så skall vi sedan bestämma det andra.

Flickan gick. Är du road av att vara bland folket där nere? frågade Albert.

—Inte ... och alldeles inte i afton! sade hon. Vi är nu i Mariestad, och har litet att samtala och överräkna med varann, ifall vi skils här och du far söderut, men jag åt väster. Låt oss äta häruppe.

Flickan återkom med matsedeln. Albert bestämde sina rätter, vilka överensstämde med Saras, utom däri, att hon tog sallad till köttet, han däremot sin lieblingsrätt gurkor. Och duka häruppe åt oss, sade han. Jungfrun gick och kom åter, allt blev i ordning. Efter den lilla, glada och förtroliga måltidens slut dukades det av igen, och de blev ensamma.

Sjunde kapitlet

Men det säger jag, att om du sedan far omkring
något, det har jag inget emot. Och jag vill
inrätta mig hemma alldeles ensam.—
Glömma? om du sprang upp nu, och
sprang ut, och reste till Solle
brunn i natt, skulle du
glömma mig för det?

När de blivit ensamma, såsom i slutet av förra kapitlet omtalades, gick Sara fram till deras kappsäckar och började avskilja de saker, som tillhörde Albert. Reser du genast i kväll, eller först i morgon bittida? sade hon, likväl med en halv röst.

Vart, menar du?

—Jag vet inte vart du ämnar dig, Albert. Men du har talat om att ifrån Mariestad vika av söderut till de stora egendomarna?

Vadsbo härad, där jag hade åtskilligt att uträtta, har vi nu redan till det mesta kommit igenom och lämnat. Jag får ta igen det på återfarten. Nu ska jag visst till Odensåker, Skövde, ja ända ned åt Marka och Grolanda, så att vigaste vägen väl vore att här utanför vid Lexberg vika av åt Kekestad, och inte följa västra vägen genom Björsäter och så till Lidköping. Men jag har även göromål vid Grävsnäs, åt Sollebrunnstrakten, och vägen dit går ganska bekvämt och rätt genom Lidköping. Varför kunde jag inte då lika gärna nu genast få ta den senare turen?

—Varför säger du? du har ju din frihet att ta vilkendera du vill?

Ja, Sara, för mina affärer har jag visserligen frihet härtill ...

—Är då något annat hinder? Vilketdera vill du själv?

Du frågar mig, Sara? och du vet lika så väl som jag, att jag vill följa dig till Lidköping. Får jag inte se ditt lilla hus? dina små rum en trappa upp, som kan hyras ut par exemple åt resande? och det där större rummet nere på botten, där du en gång tänker hålla handelsbod, och det måhända snart nog, ifall din mor ...

—Allt detta vill du verkligen se?

Goda, älskade Sara ... du ler? det är mitt fulla allvar. Jag har många resor att göra här i Västergötland, fram och åter, om sommaren och kanske hela året, ifall min plan lyckas att få transport på Västgötadals regemente, och det beror på Dorchimont. Någonstans skall jag under alla dessa färder ha mitt hem ... för mina sakers skull ... kunde jag inte få hyra av dig de där smårummen en trappa upp?

—I Lidköping? Men du har inte sett de rummen ännu. Spar till dess. Aldrig köpa, aldrig hyra vad man ännu inte sett och skådat!

Denna gyllne regel gick på meter, och var de första av det slaget, som sergeanten hörde från Saras mun. Men orden föll sig så bra och beledsagades av en ljuv, nästan smekande tonvikt. De stod bägge vid ett av fönstren i rummet, hade ånyo rullat upp gardinen och släckt ljusen, för att en stund njuta aftonhimlens intagande anblick innan de lade sig.

—I dina Lidköpings-smårum, Sara, är det visst rosiga tapeter? det slår inte fel, och därinne har du säkert fordom vid sina tillfällen malt krita? ... Han höll henne i sina armar, hon såg frågande upp i hans ansikte, för att finna om han gjorde narr av hennes dröm, den hon berättat ... den där drömmen i Arboga. Men hon fann nu ingen ironi, ingen satir på hans läppar.

Fordom? inföll hon. De kan ske många gånger ännu. Jag ärnar ej avlägga mitt yrke.

—Men om jag hyr rummen?

Så sköter jag mina saker på bottnen i nedre våningen hos mig själv.

—Du vill då aldrig sköta någonting uppe hos mig?

Blir du där något boendes, Albert, så skall du väl också ha mycket att uträtta för egen räkning, och behöver ha dig i ordning, så som du kan tarva. En god matinrättning finns i grannskapet, och billig städning är lätt att få, även tvätt och strykning hos beskedliga människor, som därav har en liten skärv för sin bärgning, Albert. De skulle kunna förtjäna mer, om inte skråna vore. Men det säger jag, att ofta önskar jag ändå få bjuda dig ner på en liten enkel risp, om det faller sig: kanske bjuder du mig också någon gång upp? Men aldrig, aldrig vill jag ta av det ditt är, eller lägga mig i ditt husväsende ... blott svara dig, ifall du frågar mig till råds, det du sedan kan följa eller inte, hur du vill ... och allraminst skall jag nånsin hindra dig i ditt arbete. Jag förstår mig inte på dina sysselsättningar: det måste väl vara en hop skriveri och räkenskaper, kanske, efter du har att göra med inspek ... ja, lika mycket ... Hörstadius och Selander och Silfver ... kanske på Koberg ... men aldrig vill jag störa dig i det.

—Det tackar jag dig för, Sara, det är rasande bra. Men finns det ingenting, som kan vara gemensamt, sådana människor emellan, som ...

Det är rätt mycket, ja ganska mycket över ändå att ha gemensamt, utom sådant där, Albert. Får jag säga dig rent ut, som jag menar? Ty jag har tänkt på detta ... under dessa dagar ...

—Också jag har tänkt mycket på det, mycket, må du tro: det måste bli vår högsta angelägenhet.

Likväl får vi akta, att det inte må gå sönder för oss av alltför mycket nit. Det är hälften vunnet, att ta sakerna lätt och klokt, vet du; rätt och slätt, Albert. Och det är just så man kan ta dem, när man riktigt håller av varann.

Sergeanten förstod henne inte alldeles, men smekte det vackra hårfästet vid hennes panna. Fortsätt, Sara! du skall tala först.

Hon lyfte upp sitt huvud från hans bröst, varemot det vilat litet, betänkte sig en smula, men sade dock: Eftersom det är så, att du håller av mig och jag dig, så har vi ju det gemensamt? Det är mycket det, Albert. Och det är mer än många har. Men tar vi oss för, att även ha en hop annat onödigtvis gemensamt, så skall jag berätta dig vad därav följer. Skulle du ta mitt lilla hus, min näring, mitt bohag och penningar ... obetydligt, men som jag kan ha eller få ... ja, jag vill inte neka för dig, att jag kunde börja bli förtretlig. Ty kanske förstår du inte att sköta sådant? Jag gissar att du inte vet det själv ännu, eftersom du inte försökt ha hus och yrke: åtminstone vet jag inte det. Och det är mycket möjligt, att min oro vore orättvis, och att du skötte allt ganska bra; dock skulle den oron, Albert ... ja, jag skall tala om för dig, att så fort du märkte dylikt hos mig, så blev du rasande. Då gick jag för mig själv och gnagde på mina hemliga tankar;

ena stunden skulle jag tycka, att jag gjorde dig orätt; andra stunden skulle jag finna, att jag väl kunde ha rätt ändå, åtminstone i ett och annat. Av dessa strider och plågor i sinne och själ skulle tiden förnötas, som kunde användas till nytta och förvärv. Och att tiden förstördes, vore ändå det minsta. Men, Albert, jag skulle bli stingslig av mig. Du skulle finna mig retsam, först någon gång, sedan oftare. Därav skulle du själv bli stingslig. Eller om vi bägge undertryckte obehagligheterna, gick för oss själva och svalde som de kallar det, då skulle misstrycket i stället krypa invärtes in i märg och ben, tära hälsan, och vi skulle avta till själ och kropp. Då fick vi väl börja på att dricka Lunds brunn, eller kanske förstöra pengar på gyttja, som jag har hört omtalas vid Porla eller Loka: sådant, som föga uträttar, när man har det illa ställt. Så en annan sak, Albert, som jag även vill att du skall märka väl. Av plågorna skulle min hy snart avta, ögonen blekna, och jag bli fulare än jag är. Det skulle du aldrig ha hjärta att säga mig, men du skulle ofta tycka det. Jag skulle nog vara så klok att finna på det själv, och gå avsides i mina mörka grubbel över vad du tyckte om mig: och vad du aldrig sade mig, det skulle jag dock tänka ut och gissa för egen räkning. Därav blev min sömn nog dålig, och sedan skulle jag härav bli ännu skrumpnare dag för dag, Albert ja, det har ingen gräns med fulheten, när en börjar på det viset, det har jag sett på folk. Och hur gick det med dig? Du skulle om du var så god som den bästa man kan finna, söka trösta mig med milda ord; men hur än du därmed menade, skulle det låta litet tomt i mina öron, eftersom jag kunde märka, att du ljög åtskilligt för att ställa mig tillfreds. Det skulle komma att göra saken värre, men inte bättre. Och du skulle nog också ledsna, ty du är i alla fall människa, Albert, du som jag. Du torde väl ändå mindre ledas vid mig för mitt försämrade utseende till kroppen, än för min inre retsamhet, tråkighet och hela stygghet till själen; kanske blev också jag av lidande till slut oförnuftig och dolsk, så vart jag dig ännu olidligare. Och det man brukar yttra om löften och eder blir bara tomma ord, då ingen människa ändå håller det som ingen människa kan hålla: jag talar om den inre hjärtats kärlek till en person, som är det enda härvid att skatta, men som utan hjälp går bort, om personen till sin andes tycke blir olidlig för en. Jag har nu nämnt om hur jag kunde bli odräglig för dig: detsamma skulle väl kunna inträffa, att du kanske vart outhärdlig även för mig. Vad är det då för tröst i de givna orden? Man sitter olycklig för sig själv och har ett namn. Det är som en titel utan ämbete. Det är som en skylt utanför en bod, och när man kommer in i boden och frågar på varan, så finns inte varan, som skylten talar om. Hur gör man då? Jo, man går ut förargad och spottar åt skylten. Är inte det rätt nöjsamt? Det har jag ofta med grämelse måst se hos andra, och jag likar det inte. Jag önskar inte att du eller jag må ha det så. Älskar du mig till själen ... då är jag glad och har nog vad det vidkommer, och skall sköta mig för hela resten själv, lustig och nöjd och flitig; sova gott om natten och vara vacker om dagen; det vet jag, och det skall du få se. Men älskar du mig inte ... vad hjälper då allt annat, och vad skall jag med det övriga? Det gagneligaste och bästa för oss är blott, att kärleken må räcka. Och den kan nog ta slut ändå kanske: men åtminstone bör sådant undvikas, som man kan förutse gör förtret, eller kan göra förtret, och stjälpa kärleken, men inte hjälpa den.

Men, Sara, om vi är goda och förnuftiga människor, som jag tycker vi är bägge två, så bör vi väl strax från början kunna ... och sedan fortfara ... och jag tycker inte vi borde räkna oss till de olyckliga exempel du anfört?

—Om vi är goda och förnuftiga människor som jag hoppas vi med Guds hjälp kanske är ... så, Albert, fordras det ju inte mer? Vi behöver ju då intet vidare, än utöva vad av godhet och förnuftighet följer mot varann och mot alla andra, så vitt vi sträcker oss. Vem kan hindra det? Betänk väl ... om vi nu är goda och förnuftiga, är inte då det allra angelägnaste, att vi därmed fortfar, och älskar varandra? Och det måste vara saken. Då måste synnerligen allt sådant undvikas, som kan fördärva, göra en elak, fånig och dum. Det står alltid till Gud hur en människa fortfar att vara, och mången kan falla. Men åtminstone bör vi inte med varann ställa till sådant, som en liklig trolighet är uti, att det kan fylla hjärtat med etter och hjärnan med en dimmig sky. Det må andra kalla prov; men jag kallar det onda och okloka företag, som folk inte med rätta borde göra varann. Ty om Gud själv ger någon en plåga, som inte kan undflys, hon är då att tåligt utstå och är ett prov. Men människor kan låta bli usla tillställningar: sådana är undvikliga och bör undvikas, och är inte att kalla prov, helst som de oftast för till helvetet, dit väl ingen vänlig inrättning borde vilja dra sina underlydande. Men tänker du inte som jag, Albert, så har du din fulla frihet med dig, och ...

I alla fall, avbröt sergeanten, har du orätt i det, Sara, att fördärv och olycka finns i alla hus.

—I alla? frågade hon. Nej, jag har sett ett eller par hus, där de lever bra, rätt bra. Men det kommer visst inte därav, att de blivit hoplästa, vilket inte annorstädes hjälpt, utan därav, att de i själ och hjärta drar överens, åtminstone så pass mycket som behövs, vilket alltid hjälper där det finns.

Hoplästa? vad menar du med det?

—Att man läst över dem, vet jag. Kära Albert, signerier tjänar till intet. Man måste en gång komma därhän, att i denna sak, som i alla andra, söka vad som verkligen tjänar, och inte bygga på det odugliga. Därav blir inte blott olycka, utan, vad värre är, riktiga laster. Ty, så fort man inte älskar varann, så är det en riktig ful last att ...

Signerier? Men jag tycker rätt mycket om en vacker bön ... sådan par exemple, som brukas när två ...

Sara såg upp med ett underbart uttryck. Gud är mitt vittne, yttrade hon, knappt hörbart, men med den renaste stämma, Gud känner att jag älskar böner. Och jag gör dem, Albert, och jag tänker göra dem. Men ack, inte nyttjar jag böner till sådant, som de inte tjänar till; ty det är signeri och tomma ljud, om inte ännu värre, nämligen hädelse. Böner? O min store Gud? Ej den vackraste bön förvandlar vitt till svart, eller svart till vitt. Om två står bredvid varann och ljuger redan då ett tycke för varandra, som de inte har, inte gör bönen lögnen därvid till sanning. Eller om de inte då står och ljuger, men likväl lovar sådant, som det händer att det sedan alls inte står i deras makt att hålla, inte avböjs det genom någon läsning över dem? Och det som oftast inträffar, nämligen, att de sedermera inte håller vad som blir dem omöjligt att göra, men likväl med skenet låtsas så, till ökad plåga och lögn, vad uträttade väl då den arma bönen på förhand? inte hindrade den att så går? Och när de så ändå fortfar med varann, blir de allt mera grova till själ och kropp ... ja, riktigt liderliga, det måste man tillstå ... och till slut sådana, att de inte mer alls kan fatta vad vackert och rent i världen är, eller förstå något i grunden klokt om människan, ehuru man läst över dem. Det ser man ju jämt, och det kallar jag oseder, Albert! inte är det värt att heta god, ädel eller lycklig, om man inte är det. Och aldrig är det värt att till vinnande av en sak bruka annat, än det man vinner den med; så tycker jag. När det fattas mig olja till kitt, inte ställer jag mig då och läser över kritan; utan jag går ut och skaffar mig olja, som jag blandar i kritan, och det hjälper. Jag brukar aldrig signerier, Albert; fast flera i Lidköping kastar saltkorn i ugnen, när de har tandvärk, och stöper bly över sjukt folk, och sätter stickor i trän: och ibland säger de, att de blir friska, som väl kan hända, fast det inte sker av stickorna, tänker jag. Så Albert, träffas också hoplästa, som är rätt sediga och lever väl; men det kommer inte i själva grunden av läsningen.

Nå, men så skadar den åtminstone inte.

—Jojo men. Ty när man en gång har läst över tvenne sådana, som inte duger för varann till annat än fördärv och elände, så vill och påstår man ändå, att de ytterligare skall vara ihop och bråka sönder varandra, bara för den läsningens skull, som en gång skedde i onödan. Det menar jag är ganska skadligt. Sålunda är det väl illa gjort, att bruka böner så, att de inte tjänar, men i de flesta fall gör ganska ryslig skada. Ack min Gud ... och att göra bön, som är så heligt och ljuvt, när det kommer på sitt rätta ställe! Det vet jag bäst.

Älskvärda flicka, när gjorde du bön sist?

—I Arboga ... Albert. Hon viskade detta så tyst, och det lät nästan som om ett min gick före namnet Albert; men hela uttrycket var för mycket magiskt att kunna fasthållas, ehuru sekunden därav var för djupt intagande, att i evighet kunna glömmas. Hon teg. Men hon tillade strax därefter högt: Jag säger det ännu en gång, Albert; tänker inte du som jag, så har du din fulla frihet med dig och med ditt. Säg då ifrån, ty jag ville i det fallet, att du for i kväll så gärna, eller i morgon, och inte kom med till Lidköping: ehuru Gud vet, hur gärna jag hade dig hos mig på den sandiga stygga vägen.

Blott på vägen?

Deras varma ögonkast möttes; men de såg inte länge in i varann, förrän de blickade ut genom rutan och på himlen, vilken förekom dem inte ha mörknat, ehuru de tillbringat en lång stund i skymningen. Albert satte sig på en stol vid fönstret, hade Sara i sitt knä och mindes nu ända bortom Bodarne den skumma kväll i Arboga, då han även satt vid en ruta, med fåfängt bemödande att rista sitt namn i den. Hur mycket hade inte sedan dess förändrats? Vilket nytt tidevarv? Med vilka andra ögon såg han på henne? och hon tycktes själv ha kommit i en annan värld. Allt det förut inte sällan påkommande barska, kvicka, slyngelaktiga var borta; hon bar nu anblicken av medborgarinna; samma förnuft i allt, som förr, men ett förnuft, sänkt i doften av den innerligaste hängivenhet, den renaste ljuvhet. Det underbaraste var, att den fullkomliga frihet, varåt han oaktat allt av henne lämnades, att resa bort ifrån henne om han ville och när han ville, långt ifrån att locka honom till övergivande, gjorde henne tusendubbelt älskvärd, lätt och angenäm i hans ögon. Och älskvärdhet är det enda ... det enda ... som drar till äkta kärlek. Denna kan utebli ändå kanske; men skall något verka, så är det allenast älskvärdhet, tänkte han.

Vad ser du på däruppe i himlavalvet, Sara?

—Jag undrar, om det kan vara långt dit?

Han tryckte henne till sitt bröst och svarade: vi är på vägen.

—Blott på vägen?

Nej framme ... om ...

—Albert!

Berätta mig, Sara, oförställt ... du talade nyss om hur människan av inre bekymmer och själens plågor kan bli ful; och det hade du visst rätt i. Vi skall låta bli sådant. Men Sara, säg ... du kan inte någonsin bli ful? Det syns mig omöjligt ...

—Till själen, Albert, behöver du och jag aldrig bli fula: och det tycker jag gör tillfyllest. Men till kroppen vet du väl, att då man blir gammal, så ... även utan att plågorna tar.

Vad betyder åldrade drag då en god och sann ande speglar sig rent i ögon och alla lineamenters uttryck. Det är av denna himmel jag drags och hänrycks.

—Så tycker även jag. Gudskelov, du är inte en narr, Albert.

Och även kroppens drag förfaller sent, först ganska sent, så framt en god, livlig och verksam ande bor i dem. Så tror jag, Sara.

—Det har jag sett på moster Gustava, inföll hon.

Låt oss då ha det så, Sara, att var och en av oss styr för sitt. Jag skall inte låta dig ha hand över mitt, likasom du inte ge mig makt över ditt. Vi skall endast ha vår kärlek gemensam. Men tänk, om endera av oss kom i behov, så att det egna inte förslog till liv och uppehälle?

—Vill då inte kärleken ge bistånd? frågade hon och spratt upp. Kom du i nöd, Albert, skulle inte jag skänka dig av mina medel, så länge jag hade, och jag fann att du inte var en förskingrare, en usel en. Och blev jag mycket fattig, så kan det ju även hända, att du ... att du skulle vilja skänka mig något?

Gud, så du frågar, Sara! Men när det är så oss emellan på bägge sidor, har vi inte redan då våra medel gemensamma?

—Nej, det är en himmelsvid skillnad. Om jag skänker dig en gåva, i penningar eller annat, så gör du sedan därmed och hanterar det allt som du vill. Därav kan ingen förargelse uppstå; det blir ditt, liksom det du hade förut; och frågar du mig till råds om hanteringen därmed, så skall jag svara dig, och du gör sedan också med rådet efter som det syns dig bäst. På det sättet är du, oaktat skänken, lika fri, oförtryckt och oförstörd. Likaså, om du vill förära mig något, så måste du ge mig det på samma villkor, som en ren och älskvärd skänk, till glädje och gagn, den jag får vända och nyttja som jag behagar och behöver. Sådana gåvor och gengåvor är då en hjälp åt människan, men inte ett ömsesidigt fördärv, sådant som det dagliga trassel, folk annars mycket brukar med varann.

Kan då aldrig människor hushålla ihop?

—De kan ju försöka. Går hushållningen bra, så kan man ju fortfara med den, likasom man fortfar med mycket annat, som går bra. Går den åter rasande, så är det ju välbetänkt att upphöra med den, likasom med annat rasande. Men kärleken emellan två, den bör främst av allt hållas fredad och i ro för sådant; den bör aldrig göras lidande eller beroende av en sammanboning eller hushållning, och hur den kan slå ut. Jag tycker det är bäst att de aldrig flyttar ihop, det får jag säga; emedan folk, som älskar varann, mycket snarare retar, förargar och slutligen fördärvar varann, än andra, som inte räknar på varann och därför ser mycket med kallsinnighet. Men vill de då äntligen försöka det onödiga nöjet, att låta två huvuden regera jordiska saker, som sköts allra bäst och blir redigast, när de inte blandas, utan has av vardera personen för sig, vilken styr sitt bäst efter sitt huvud ... så må de åtminstone vara så kloka och sluta upp därmed innan deras kärlek förgår, som lätt kan hända; ty inget glas är vackrare än hjärtats tycke, men ingen emalj skörare. Det kan jag förstå.

På det sättet vore det ju allra bäst, att vi inte allenast lät bli att bo ihop, utan inte heller såg varann alltför ofta?

—Du tänker ju också göra många resor, Albert? yttrade hon med en blick, långt ifrån smärtsam.

Det måste jag. Jag kan inte undvika det.

—Hur glad skall jag tänka på dig medan du är borta. Och så vacker, som jag då har dig i min själ, skulle du ha svårt att vara, Albert, om du stannade hemma. Men du skall återkomma! och varje gång dubbelt välkommen!

Men herre min Gud ...

—På det sättet skall kärleken räcka. Du skall slippa se mig i alla dumma, ledsamma, stygga ... ja, i stunder, då det är alldeles onödigt att se varann. Och om även du har sådana stunder, ty du är människa, Albert, så skall jag också slippa se dig då.

Men, levande Gud ... Sara, jag begriper inte ... vart tar detta vägen? man kan hitta på att glömma varann?

—De, som med olidlighet nöter sig emot varandra stundligen, de glömmer varann snarast, Albert; eller om de minns varann, så är det med plågans minne, såsom man kommer ihåg fulslag.

Hu då!

—Det är nära kroppar med avlägsna själar. Såsom det står i Skriften: de lovar mig med läpparna, men deras hjärta är långt ifrån mig.

Du är dock en läserska!

—Nära själar med avlägsna kroppar tycker jag då, om så skall vara, mera om.

Men kan inte bäggedera vara nära?

—Stundom, Albert. Nu är det så oss emellan. Men ... Och till Lidköping vill jag du skall följa. Men det säger jag, att om du sedan far omkring något, det har jag inget emot. Och jag vill inrätta mig hemma alldeles ensam.—Glömma? Om du sprang upp nu, och sprang ut, och reste till Sollebrunn i natt, skulle du glömma mig för det?

Sara, du skulle stå framför mig jämt!

—Och jag skulle se dig genom alla mina fönster. Försök! res för ro skull!

Tillåt mig att dröja litet.

—Glömma? När likgiltighet kommer emellan människor, då är det som glömskan halkar med i sällskap. Men resor och avstånd, vad betyder de? Landsvägar är inte det som gör avstånd emellan själar. Nå, inte vill jag du skall vara borta över halva året, det tillstår jag.

Du andas så ljuvt!

—Glömma? sade hon åter efter en liten stunds tystnad. Kanske, om det händer att kärleken slutar emellan några, att glömska också då kan komma; men åtminstone är det visst, och det vet jag, att inte uppehålls hjärtats glada minne av sådant, som öder ut kärleken själv. Därför ...

Ja, jag skall inte se dig, inte hälsa på dig alltför ofta, Sara. Men om jag får hyra dina smårum och där sitta för mig i mitt eget arbete, så skall inget i världen, inte du själv, kunna hindra mig från att måla din bild framför mig, nämligen inte med pensel, det kan jag inte ... ack om jag kunde! ... Och skulle du bli sjuk, då vill jag gå ned och sitta vid din säng.

—Det kommer an på sjukdomen, bästa Albert. Jag har helst Maja hos mig, hon förstår det bättre.

Men ... min Gud ... om ... jag tänker blott ... om par exemple jag själv blev sjuk?

—Det är en helt annan sak. Då går jag upp i dina rum och sitter hos dig natt och dag, om det behövs, vid din säng. Jag sluter igen boden och skriver utanpå: bortrest. Du skall veta, det är den skillnaden, att om en karl är sjuk ... riktigt, så att det inte är prat, utan han ligger till sängs med allvar ... det är inte en obehaglighet, ledsamt eller fult att vara närvarande vid; det kan jag med. Men ett sängliggande, sjukt fruntimmer, med lungsot eller så, det är allra bäst för sig själv, Albert. Likväl, om något skulle hända mig, har jag inte något emot, att du dröjer i staden ... i huset ... i övre våningen. Skulle ...

Gud! vad menar din underfulla uppsyn?

—Skulle jag därvid komma nära döden, då ville jag, Albert, att du gick ned i mitt rum ... näst innan jag dör ... till mig! ... och ... ty denna hand ville jag kyssa sist av allt i världen ...

Åttonde kapitlet

Se dig omkring och var glad i uppsynen!
Jag ville ha den hemliga glädjen, att när du
åker fram på gatan, varannan flicka
må stanna och tänka: kors,
en så vacker officer
där far!

Historien och geografin, som alltid räcker varandra handen, måste även här hjälpa varann; så att när den förra sist drog sig hastigt undan och viker tillbaka, börjar den senare tala, och talar på följande sätt: Vägen mellan Mariestad och Lidköping räcker ända från Mariestad till Lidköping. Denna väg började de bägge resande strax befara morgonen därpå, så fort de doppat sina skorpor i ett par vackra äkta koppar.

Västergötlands geografi må säga allt vad hon vill och behagar om södra Vänerstranden; det vissa är, att om man inte ser på vägen, som stryker fram här, så förekommer den ögat alls inte obehaglig. När de bägge resande hunnit till Bresäter, sade Albert: Nu beror det på, om vi framåt Forshem skall ta den gudomliga vägen över Kinnekulle, som går genom norra delen av Österplana, så Medelplana och Källby, på vilken väg vi kommer förbi Hönsäter, Hällekis och Råbäck ...

Råbäck? jag har hört talas om Råbäck! Jag har inte varit där förr, fortfor Sara, men varför skulle jag dit nu, då hon inte bor där mera?

—Vilken hon?

Där har en ängel bott, men som nu flyttat till Vättern.

—Fru ... jag vet ... jag minns inte rätt namnet. Jag har inte heller sett henne, fortfor Sara; men bodde hon ännu kvar på Råbäck, så skulle jag önska ta den vägen. Goda, förträffliga böcker har hon lånat moster Gustava i Lidköping, och dem har vi bägge läst tillsammans på mellanstunder.

—Dem vill också jag läsa! utropade sergeanten. Du skall så ... men ...

—Ja, den andra vägen vi kan välja, fortfor han, går däremot ned åt Enbacken, öster och söder om Kullen, genom Skälvum, förbi Husby, och så. Vilkendera skall vi ta?

Hur skall jag kunna avgöra det? det förstår jag mig inte på.

—Men du skall veta, Sara, att Hällekis hör till de utmärktaste ställen i Västergötland; det förtjänade väl att fara den vägen.

Om du vill. Och är där stora hus och byggnader, så förtjänade det nog att göra sig bekant på stället; det kunde en gång löna sig.

Litet förstämd revade sergeanten in sitt samtals poetiska segel; han hade inte nu på några dagar hört yrkets angelägenheter omtalas, men märkte genast, att de var i antågande. Och hur kunde han vara ledsen på henne för det? Likväl ville han inte, att så gudomliga platser, som Hönsäter, Hällekis och Råbäck, skulle uppoffras till mål för blotta glasmästarönskningar: han beslöt således att taga den prosaiska stråten över Enebacken, och lämnade Kullen till höger.

—Hon har dock varit högre stämd, fortfor sergeanten för sig; ja, ett par dagar! och hennes talämnen, ehuruväl alltid sig lika vad klokheten beträffar, har dock inte ständigt haft smak av en gesäll i fruntimmerskläder. Stackars, goda, oskyldiga flicka! tillade han med en knappt återhållen tår; goda, älskade! hur orätt bedömer jag dig? är det inte rätt väl, att du är så förnuftig? Du skall ärligt och förträffligt kunna sköta dig och de di ...

Han ryckte till hästarna, liksom en hastig skrämsel kommit på, och han fruktade de skulle fara av någonstans; men han hämtade sig och fortfor inom sig: Allt vad jag kan spara och lägga av, skall jag ge dem, och det såsom en fullkomlig, en ren gåva, så där som hon vill ha det, utan all inblandning ifrån min sida (om inte medelst fria råd), hur hon därmed må hushålla. Men? gode Gud! mina skall jag kalla dem: det skall, det måste, det vill jag bestämt!

Det skall du, och det blir min himmelska glädje, att höra dig säga så.—Albert for förskräckt åt sidan vid dessa Saras sakta uttalade ord. Hade han glömt sig i sin svärmiska utsikt ända därhän, att han talat högt och förrått sina innersta tankar?

—Räds inte, Albert; dina viskningar, dina allra tystaste viskningar till dig själv, hör jag; ty jag är så, att jag hör.

Store Gud! vem är du då? kan du mera än andra?

—Du kör så bra och galant, Albert; jag älskar dig. Du älskar mig, men du svarar mig inte?

—På vad skall jag svara?

Hur kunde du höra nyss, vad blott min själ darrande tänkte?

—Jag älskar din själ, därför hör jag din själs ord.

Vad?

—Det vill säga, jag förstår dig. Jag begriper dina tankar: till och med vad du grubblade på nyss förut ...

Vad? om yrket?

—Jaja ... Albert ... ett fönsterglas är inte så föraktligt, som du tror, Albert. Det skyddar dig om vintern mot kölden ute, och ger dig likväl ljus med detsamma. Det mesta i livet är annars så, att om det värmer, sker sådant inte utan med mörker eller om det lyser, så sker detta sällan utan med köld. Ett fönster allena ... märk väl, min Albert ... ger ljus utan att låta köld strömma in; och det håller värmen inne, med bibehållande likväl av ljus tillika. Så är ett fönster beskaffat, och det betyder mera, än mången fattar. Därför skall du inte förakta fönster, och inte förakta Saras yrke, varmed hon har fött sig och alla i Lidköping, de hon kan ha haft att bistå ... och skall så hädanefter ... och även dig, Albert, om du kommer i nöd.

Nej, Sara, det skall du aldrig behöva. Flit! en stor flit i mitt yrke ... ty också jag har ett yrke! ... älskade, goda flicka, nu känner jag, likt en himmel, vad det är att vara flitig ... jag skall och vill förtjäna! ... detta ord, som förr lät så lumpet i mina öron? Förtjäna vill jag! arbeta och därmed hjälpa inte bara mig, men ... alla i Lidköping, dem jag kan ha att bistå. Yrke och flit ... du, Sara, har lärt mig de rätta orden! Han tog hennes hand.

Geografin är en stackare, som ständigt låter överrumpla sig av historien. Var var det nu, som den senare tog sitt nya övertag igen? Jo, på vägen åt Enebacken. Så tag då vid där och håll sedan uti dig, geografi!

Enebacken ... och så får man Holmestads, Göteneds, Skälvums kyrkor, och till och med Vettlösa på litet avstånd åt vänster: förlåt, Vättlösa heter det. Sedermera kommer man så, att man ser Husby och till och med Kleva kyrkor uppåt kullen till. Vidare råkar ögat inom kort Broby kyrka, Källby kyrka, Skeby kyrka ... det var obegripligt så mycket kyrkor!

Men nu är det slut. Ett stort öppet vatten möter till höger och slår den åkandes blick med en tjusande förfäran: han fruktar att få hela Vänern över sig, åtminstone inpå hjulnaven, och tvivlar inte på att den sanka, gula sandstrand, han åker på, legat under böljan en gång. Vänern är en fe, som dragit sig litet undan: vem vet, om hon inte hastigt och oförtänkt kommer på en och tar igen sina gamla rättigheter? I synnerhet vid nordanstorm är detta fruktansvärt.

I dag teg vinden och böljan log. Sara satt i varje ögonblick anande att få se sitt Lidköping. Hon kände de ljuvaste inre minnen.

För en sak måste dock historien tillåtas att redogöra: det är för den besynnerliga lyckan de hela vägen rönt, att få parvagn. Ty eljest plägar kärror hota de flesta resande, som inte kommer på egna hjul eller står på egen botten i vagnarna. Kärror är stundom stygga att åka på. Det var således en mild skickelse, som förfogat här; och kanske ligger närmast förklaringen i det, som medici själva ... vilka annars aldrig befattar sig med ödet ... påstår om naturen, nämligen att hon har en utmärkt och enskild omvårdnad om kvinnan; att hon nästan är skygg att skada henne; är vördnadsfull, undvikande, aktsam. Detta är en mystisk, men en helig tanke. Måtte därför också människan vika lika vördnadsfullt undan: må vi knäböja för en himmel, som okänd ... misskänd ... står omkring oss, så nära, så god, så hemlighetsfull, så glömd, och likväl så ständig.

Lyckan att få parvagn kom för dessa resande ofta därav, att när Albert såg hästarna vara goda, brydde han sig inte om att fordra skjutsbonde, utan körde ensam; vilket bönderna, när de ser sig få ordentliga åkande, gärna går in på och tackar för. Så hade nu sergeanten och hon farit ensamma hela tiden.

Lidköping kom. De började åka på stadens första gata, bred, stor, bra; men litet ojämnt stenlagd. Bästa Albert, låt mig stiga av här, detta är mitt barndomshem: jag skulle vilja gå till fots härinne. Du kan köra, jag går ensam.

Nej, jag stiger också av, går bredvid och kör.

—Inte! det ser illa ut. Och så tillika, Albert, en annan sak. Åk du ensam fram till källaren bortom torget. Jag går hem till mitt hus: jag vill komma dit ensam först. Jag vill se hur det är med min stackars mor.

Även jag vill se henne.

—Nej, Albert. Om hon ännu lever, skulle hon känna en fasa vid din anblick. Det vill jag inte.

Min Gud! vad säger du?

—Ty du skulle omöjligen kunna undvika att förråda dig. Du skulle uppföra dig så emot mig, att hon i dig skulle ana en friare: hon skulle skälva vid föreställningen att i dig se sin dotters blivande man. Jag skulle få svårt att övertyga henne om, det du aldrig i världen skall bli ...

Ha!

—Frukta dock intet, goda Albert. Du skall snart komma hem till oss, och du skall få bese de rum, du ämnar hyra. Men vänta tills jag låter kalla dig. Kör nu gatan rätt fram: det är inte svårt att hitta här i Lidköping. Utan avvikningar kommer du rätt så bort till den där bron, som vi talat om, över Lidan ... den där, du.

Ha!

—Den åker du över; men betrakta utsikterna till höger och vänster, ty skönare flod än Lidan rinner inte genom en stad. Litet längre fram, samma väg, kommer du till torget. Ett större torg finns inte i världen: kör rakt fram över det till mynningen av gatan längst bort åt vänster. Den gatan går åt en annan tull, varifrån vägen löper till Göteborg. När du nu kommer på den gatan, blott till nästa tvärgränd ifrån torget, så ligger källaren där i hörnet. Ta in på den, låt bära upp alla våra saker; ta en kammare för din räkning över natten, eller tills jag låter kalla dig. Jag skall hemifrån skicka en av lärpojkarna efter mina saker: du känner väl dem åtskils?

Det står väl inte S.V. på alla: men jag skall försöka.

—Du är tankspridd, goda Albert. När du kommer fram, så ät litet, stärk dig, och tänk inte så mycket på mig. Du känner väl igen dina egna saker åtminstone? Allt vad som inte är ditt, det är mitt ... och låt pojken hämta det.

Vad som inte är ditt, det är mitt!

—Men ... var inte förstämd, inte blek! Du är i en hygglig stad, skall du veta. Se på människorna, när du far genom gatorna: du skall märka, att nästan var flicka här är behaglig ... det är

Lidköping utmärkt för ... jag är ibland de allra obetydligaste. Se dig omkring och var glad i uppsynen. Jag vill ha den hemliga glädjen, att när du åker fram på gatan, varannan flicka må stanna och tänka: kors en så vacker officer där far!

Sergeanten nickade ett tämligen muntert avsked åt Sara, som stigit av. Han körde framåt, långsamt likväl, och såg sig ofta om på sitt gående ressällskap.

—Du kör för simpelt, sade hon vinkande. Det går inte an för en karl. Han slog då till en frisk klatsch i luften, hästarna for av. Sara Videbeck gick ensam.

Hon vek ned åt en gata utmed ån: gatan, som förde hem till hennes boning. Det var inte sent på kvällen, men redan afton; flera skyar i långsträckta, söndertrasade och oförklarliga skepnader drog här och där fram över valvet; till regn liknade det sig likväl inte. Solen skämtade nere ur västern med de allvarsamma, betänkliga, ljusgrå, tunna skygestalterna.

Fotgängerskan stannade vid en tvärgata, emedan folk kom gåendes, och hon sökte i dem känna igen bekanta. I småstäder vet nästan alla människor till varandra. Sara märkte även vilka dessa var; men, inbegripna i djupt samtal och på tämligt avstånd ifrån henne, varseblev de henne inte. Hon undrade på deras åtbörder, pekningar och huvudvändningar. Men då de gick förbi, steg också hon vidare framåt och närmade sig nästa hörn. Här stannade hon åter tvärt, ty en likprocession kom. Vördnaden för sådant hade alltid hållit henne tillbaka; hur mycket mera nu, då hon med häpnad och bestörtning i denna procession kände igen sin egen verkgesäll, gående svartklädd: några av de äldre lärpojkarna jämte andra bekanta bar en likkista. Det var hennes mors! därpå kunde hon inte tvivla.

Bröstets förfärliga rörelse, andedräktens uppror bjöd hon till att dämpa; ty ett oskickligt uppträde på gatan måste undvikas! Resklädd och utan allt svart i sin dräkt ville hon inte visa sig. Min mor? min mor! får jag aldrig mer se ditt ansikte? utropade hon, vred sina händer och drog sig ännu närmare in i det hörn, där hon stod, för att låta det sorgliga tåget komma förbi. Hon tyckte sig höra klockaren dovt mumla orden till sin granne i processionen: förlidna söndagsnatt.

De allvarsamma vandrarna märkte henne inte. Men när kistan hunnit om den tyst gråtande, fördolda dottern, blev det omöjligt för henne att fortsätta sin egen vandring till hemmet. Hon såg, att processionen vände sig fram åt kyrkan till. Om det var begravning eller blott bisättning, kunde hon inte veta; men hon drogs oemotståndligt att på avstånd följa efter. Allt av henne ännu oredigt, hemskt, alltför hastigt överraskande: att se sin mor, åtminstone röra hennes kista med sin mun, innan hon nedsänktes, det var en nödvändighet.

Förlidna söndagsnatt? stavade hon tillsammans i sina tankar. Var var jag då? I torsdags reste jag ifrån Stockholm. Hade resan inte fördröjts ... hade inte ... om ... så kunde vi ... så kunde jag redan i söndags afton ha varit hemma. Nu är det onsdag! Var var vi söndagsnatten? Var? På Bodarne, svarade hon sig själv.

Lidköpings kyrka är till belägenheten olik Mariestads däruti, att då den senare ligger särdeles högt, behärskande hela staden och är synlig överallt, så står däremot Lidköpings i ett hörn av sin stad, visserligen så, att hon på avstånd märks ... ty hon är likväl en ansenlig byggnad ... men inte så, att hon genast och överallt tar ögat i anspråk. Hon har inte fått sitt läge utmed själva Vänern såsom Mariestads kyrka, men är omgiven av en mycket lummigare, dunklare, innerligare kyrkogård.

Sara ville desto mindre nalkas tåget, som fruntimmer aldrig går med i sådana; och de, som hör till sorgen, visar sig i synnerhet inte ute, och minst på kyrkogården, vid det avgörande tillfället. Men Sara måste till kyrkogården! Var ändamålet att nu sänka ned den älskades stoft i jorden, så måste hennes syn, skärpt så mycket som möjligt, söka följa denna färd till dess sista märkbara ögonblick.

Hon fann med rörelse, att stadens ringaste präst blivit den som man ombetrott och kallat till utförande av förrättningen. Kistan gick omvärvd av de människor, som varit glasmästaränkans arbetare på verkstaden, och vilka, sällan vana att gå i svart, nu syntes dåligt utstyrda i till en stor del lånade, åtminstone urvuxna kläder. Men allas ansikten hade, då Sara såg dem träda förbi, burit spår av blekhet, insjunkenhet: har de farit så illa under de tre veckor jag varit hemifrån? nej! det måste betyda sorg eller andakt, hoppades hon. Kistan befann sig redan långt inne på kyrkogården, då dottern med vacklande steg även försökte att våga sig ditin.

Hon blickade runt omkring därinne. Ingen människohop fanns samlad, i vilken hon kunde blanda sig, för att på detta sätt våga nalkas närmare till den uppkastade jordhög, varpå hennes stirrande ögon stod. Hon drog sig således avsides bort till en hög gravsten, under ett träd. Bakom den skymd själv, kunde hon ändå få åse sin mors sista ... enda ... heder. En matt ringning börjades med kyrkans minsta klocka, prästen slog upp handboken, klockaren tog upp sin psalmvers.

Vid dessa ljud sjönk Sara på knä i gräset vid den avlägsna gravstenen; tårar kom i strida svall, hennes huvud darrade ända ned emot blomstervallen och hennes händer tog emot den fallande pannan. Min mor! min mor! utropade hon högt, ty hon visste att ingen dödlig hörde henne här. Ett saligt minne genomströmmade hennes hjärta dock därvid: jag har uppfyllt din önskan, min mor! din oavlåtliga förmaning till mig har jag lytt. O, var du nu än är, ge mig din välsignelse!

Om den avlidnas ande nu blickade omkring på vad här föregick, så skulle den där borta vid själva griften ha kunnat skåda de svartklädda, som med omsorg och aktning (dock inte med många ord, ty glasmästaränkans levnad var ju inte att berömma) sysselsatte sig med det döda stoftet: men här under trädet, till mera glädje för himlen och livet, knäböjde i en skön bild framtid och eftervärld: denna bild kunde vara för anden att med mera, att med oändlig sällhet se. Himmelsk dygd, ren sedlighet, sann plikt är ofta ett okänt, misskänt, inte sett. Dold stod dottern, tyst i sin bön: människor såg henne inte. En svalkande vind gick över blommorna.

Psalmversen var kort, ringningen snart slut, och prästens ord inte flera än handbokens. Allt avlöpte således fullkomligen som det skulle: intet fattades, men intet var heller tillagt. Under verksgesällens insjunkna ögon syntes litet blått överst på kinderna. Lärpojkarna, av frisk hy, fattade de i beredskap stående skovlarna och började kasta ned mullen.

Albert hade nått sin bestämmelse i gathörnet; tagit en kammare en trappa upp på stadskällaren, och vandrade i den, än orolig, nyfiken och väntande på bud; än förstämd, uppstämd och nedstämd. Han såg på klockan, hon var sju på kvällen. Att beställa hästar genast för morgondagen och så snart resa åt Sollebrunn, syntes honom nu omöjligt; men klockan åtta fann han det vara just det rätta. Först måste han väl ändå ta avsked av ... och när borde hans återkomst likligen inträffa? Allt detta kunde väl inte vara överläggningar av allra mest invecklade art; men han hade redan vant sig att överlägga om så mycket med en; han ville göra så även nu, och han fann sig ensam.

Hans oro samlade sig slutligen i en enda brännpunkt: han satt tyst, stel och stirrande i sin hörnsoffa med undran på att intet bud kom. Han hörde en uppasserska slå i några dörrar till rum utanför. Han ropade på henne med dundrande stämma. Hon anlände i flygande. Ge mig en kopp te! sade han och såg vild ut.

Van vid ovanliga resande, gick hon beskedligt sin väg, tigande och utan undran. Då ropade han henne tillbaka, och hon kom åter. Hörde du vad jag begärde? röt han.—Ja, herre.—Så låt det gå fort, medan jag sitter här och väntar!—Inte har herrn väntat på mig, så mycket vet jag, sade hon stött och gick ut med en liten fnurr.

Ack, vad jag väntar på dig! utbrast han suckande inom sig, utan att ha hört på den utgångna flickan.

Teet kom, hett och starkt. Själva hon som bar det, såg förargad ut; ty tålamodet kan förgå på vem som helst; och när sergeanten förde koppen till läppen, brände han sig så fördjävlat, att han ropade: Det var fan!

Kunde du då inte ha väntat litet med det? utbröt han; jag är inte skapt att skållas.

—Inte jag heller, svarade lidköpingsflickan vigt. Är du rasande?

—Nej, det behövs inte mer än en sådan.

Jag vill lägga i mera socker och grädde, så svalas det av, anmärkte sergeanten, återkommen till visdom och bättre lynne. Vad är klockan?

—Det rör mig inte.

Du är dock f-n given.

—Skall det vara en kopp till?

Jag ser att klockan är snart nio, och intet bud! bädda åt mig i rappet, jag vill lägga mig, så har jag något att göra ja, slå i en kopp till!

—Skall den drickas på sängen?

Slå i och låt den stå där, så får jag se. Jag går ut på gatan, att se mig om; men kommer något bud, så ropa genast upp mig. Och bädda emellertid.

En konstig offsér! sade flickan, sedan han gått ut; men han väntar bud, och jag bryr mig inte om honom. Hon bäddade hastigt och raskt: hon var ond: kuddar och lakan for som kanaljer fram och åter under hennes händer. I rappet ... som han begärt ... vart sängen färdig.

Verkligen melankolisk, huvudet sänkt emot bröstet och blek återkom sergeanten. Har intet bud hörts av? frågade han med den allra beskedligaste stämma den utför trappan nedhoppande uppasserskan.

Nej; men allt är i ordning däruppe. Hon försvann i de undre regionerna. Han gick trappan upp.

Kommen till sig, sade han intet. Han kastade ännu en blick genom fönstret på gatan, för att erfara om inte ... Men ingen syntes.

Han satt länge vid rutan; men ingenting hände, mer än att det blev allt gråare omkring honom. Jag lägger mig! sa han slutligen högt, men långsamt och likasom i letargi. Emot detta hans påstående hördes ingen invändning. Ingen var närvarande att bestrida honom det allra minsta.

Letargiskt klädde han av sig, lade sig och somnade, svept i källarmästarens lakan och gråspräckliga sidentäcke, dyrbart i sig själv, men utan värde för sergeanten.

Morgonen därpå ... som var en torsdag igen, för att döma efter aftonen förut, vilken varit en onsdagskväll ... morgonen därpå inträffade, att sergeanten vaknade. Ingen hälsade på honom, ingen steg upp vid hans sida, ingen nickade; till och med ingen kom in, ty frukost hade han aftonen förut i bedrövelsen alls inte beställt. Dock var han så pass karl för sig, att han steg upp och ställde sig på golvet.

Obegripligt! tänkte han.

Han tvättade huvudet med kallt vatten, klädde sig så elegant, som uniformens snitt medgav, och steg slutligen fram för en stor väggspegel att ordna det övriga. De genom sin blekhet finhyllta kinderna, de stora, mörka och nu smäktande ögonen, det grant lockade håret: hela den bilden i spegeln såg ut som om han i sanning avancerat till fänrik. Förargelse vaknade härvid, emedan han på en tid fått ett avgjort och outgrundligt begär att stanna på underofficersgraden. Hut vekling! mumlade han: mörka blixtar uppstod i ögonvrårna, och han slungade åt sin vederpart innanför glaset vreda, morska blickar, som den där i spegeln av begripliga skäl genast återgav. Så uppmuntrade dessa bägge herrar varann, och inom en stund såg sergeanten ut som en svensk Akilles.

Någon kom trippande, dörren öppnades, och uppasserskan steg in med anmälan, att bud i går afton avhämtat sakerna, och att de där rummen, som skulle hyras ...

Bud? och jag har inte förrän nu fått höra om det! Åskor hotade i dessa ord. Flickan vek hastigt mot dörren, men hämtade sig och förklarade, att budet inträffat så sent, att herr majoren då redan längesedan somnat, och att hon visst inte vågat ...

—Varifrån var budet?

Från Videbeckskan.

—Videbe ... (åter en åskblick: dock kunde han inte neka sig, att så just kunde rätta termen låta för det där mellantinget, som han så mycket grubblat över. Själv nändes han likväl inte tala ut namnet så).

Ja, eller ifrån det huset, rättare sagt, fortfor flickan; ty Videbeckskan själv hon är då äntligen borta. Men lärpojkarna kände riktigt igen sakerna och bar dem till sin döda matmors hus.

—Döda! vad säger du? himmel och fasa? död? nej ... och jag fick inte veta något i går?

Flickan svarade häpen: Budet sade att de där rummen, som ville hyras, de kunde nu få hyras, och att klockan åtta på morgonen i dag skulle de beses. Därför tyckte jag det inte var värt att störa herr majoren förrän nu på morgonen klockan sju.

—Beses klockan åtta, sade budet? se här! klockan är åtta om en kvart. Men ... evige Gud! Död? Det är omöjligt! omöjligt! omöjligt!

Han störtade ut och frågade i dörren efter vägen till Videbeckska huset. Uppasserskan berättade och tecknade det, så gott hans otålighet och hennes bestörtning tillät. Han skyndade bort.

Denna morgon var undransvärt vacker. Sergeanten kom ned till en av gatorna vid Lidan: dagens friska, nya sol, jämte det blåa, det gröna, det vita, i luft, på trän, på ... ack, nog borde väl sergeanten haft sinne att se och glädjas åt så mycket? nog borde han av berättelserna under föregående dagar nu kunnat finna, att det var Videbeckskan, modern, och alls inte

Videbeckskan, dottern, som dött. Men han var så tankfull, att han gick utan all eftertanke.

Slutligen såg han ett litet rött trähus med Strängnästycke, dock välbehållet. En lång rad strött granris på gatan mötte honom: det klack till i bröstet: han hade nu dödsspåret att gå efter.

Genom en plankport med klinka kom han in på en rymlig, nysopad gård. Han steg upp på en låg, men bred farstutrappa. Själva farstudörren, tämligen stor, var sirad med lönn- och björkruskor. Körvel och färskt älggräs doftade ifrån farstugolvet. Denna milda vällukt mötte honom således; men hans knän darrade, ty han anade, att den, såsom bruket var, hade för ändamål att dölja ångan av det förskräckliga.

En åldrig kvinna kom honom till mötes: snygg, men ytterst enkelt klädd, en blandning av bekymmer och godhet i anletet. Åter skar det i hans hjärta. Detta är säkert gamla Maja! tänkte han. Vad skulle han säga? hur skulle han begynna? Slutligen stammade han:

—Jag har fått höra, att här skulle finnas rum ...

Att hyra! ja, en trappa upp, om jag får lov att visa herrn.

Han gick åt trappan; men han ryste, ty om hon verkligen var död, vad i herrans namn skulle han då med rummen? Hans fot höll på att snava över första trappsteget, han vände sig om till den gamla tjänarinnan, han ville fråga något, men tungan vägrade att lyda. För att dock något göra, sade han: Innan jag går upp, låt mig veta hyran?

Tjugo riksdaler riksgälds på år, men tolv på halvår, min herre. Var så god ...

Kalla, dystra, skärande ord! men jag skäms att inte gå upp, då jag kommit hit, tänkte han. Han flög uppför trappan.

Visarinnan förde honom in i tvenne små rum med rosiga tapeter. Var så god och sitt ned och bese dem emellertid, sade hon, gick ut och låste dörren.

Sitta ner? nej minsann. Store Gud, vad skall jag här och göra? Vilka rum likväl? trevliga! himmelskt trevliga! Här är nyss skurat, som om det skett i natt? ordnat, fejat, och springfärska gardiner uppsatta. En gäst har väntats, det syns. Och levkojor i fönstren? Se, vilka speglar med ramar? ramarna också av glas med underlagt guldpapper. Alldeles så. Och det inre rummet? Även där rosiga tapeter? men på annat sätt. Ack, den som fick bo här, och ... om ... det vill säga, om ... gode Gud! ... om dessa små rum var det ganska säkert hon drömde den natten i Arboga, då ...

Dörren öppnades. Hon steg in. Sergeanten for litet åt sidan vid anblicken av en svart flicka: en flicka i ratine med Saras huvud, milt leende då hon märkte hans häpnad: en bred, finstärkt lenonskrage över bröstet. Kinderna vita.

Jag har sorg, som du ser, sade hon.

Vad jag är glad, du lever? du ler? utropade han.

Den sorg, varom hon talade, satt som en fin skymning omkring det översta av hennes ögon. Men vitögats emalj sken blåvitt, såsom alltid förr, och pupillerna glänste. Albert! sade hon.

Han svarade inget: blott såg.

Vad tycker du om dessa rum? vill du hyra dem? Men du kan inte känna dem mycket ännu. Får jag inte nu bjuda dig ned i mitt, så skall du få se hur jag har det: frukosten väntar. Och börjar du inte dina resor strax i dag, så ber jag dig ock hos mig till middagen. Går allt detta an, Albert?

Han sade ändå inget. Men i hela uttrycket av hans ansikte låg detta svar: Det går an.

Noter

Berättelsen "Det går an" var avslutad, och Richard Furumo, som under sista kapitlet hållit huvudet halvsänkt och med en meditativ, svärmisk blick blott skådat framför sig rätt fram i rummet, höjde nu sin panna helt och hållet, med ögonen milt fästade på Jaktslottets chef. Han yttrade ingenting.

Var det inte mera? utbrast herr Hugo.

—Nej, inte nu.

Detta är således den lilla märkvärdiga historia, varav jag inte haft del förr; men om vilken jag hört sägas allt möjligt både ont och gott? Det är oförsvarligt, att Richard inte längesen låtit mig känna och införa den i Jaktslottets annaler. Vad innehållet beträffar, påstår man, att det skall ha satt Sverige i uppror vid sin första apparition; men att saken sedan gått så framåt, att det uppväxande släktet i allmänhet numera tar den för avgjord. Jag vill till och med påminna mig i in- och utländska tidningar ha sett anmärkas, att denna obetydliga pjäs skall ha kommit att gå i spetsen för *tendens*romanerna i Sverige, eller liksom ha utgjort begynnelsen därav här i fäderneslandet. Vad säger du därom?

Furumo teg, såsom alltid då estetiska frågor yppades, dem han sällan eller aldrig förstod.

Frans Löwenstjerna, vilken annars inte var sen att tala i estetik, höll sig dock nu tillbaka, måhända av orsak, att han såg sig omgiven av det församlade statsrådet, vilket närvarit under berättelsen.

Förträffligt för herr Hugo föll det sig då, att det statsråd som tjänstgjorde i skön konst steg upp, vände sig till alltings chef, och bad om ordet.

Hovmarskalken tillstadde honom det med en glad nick.

Jag har, sade nu denne, begärt ordet, endast för att till historiken om "Det går an" lägga en notis. När denna Furumoiska berättelse trycktes första gången, skedde det med så stor enkelhet, att inte en gång kapitelindelning ägde rum, och det hela bar endast till överskrift "En vecka". Då den ånyo trycktes, sågs editionen kapitelindelad, alldeles så som herr

Richard i afton föredragit den; men utgivaren hade tillika satt en ingress framför ...

—En ingress? utropade herr Hugo. Vad vill det säga? Någon sådan har jag inte hört i dag?

Den tillhör inte heller stycket själv, och är inte av herr Furumo, efter vad jag tror.

—Hur låter denna vidfogade ingress? Har herr statsrådet reda på den? Eller kanske du, min Richard?

Nej, svarade denne. Jag har väl sett den i tryckta exemplar, men inte vidare.

—Jag kan redogöra därför, gentog statsrådet. Under mina estetiska studier har jag inte kunnat undgå att även fästa mig något vid "Det går an"; och jag utgör en, som händelsevis äger ett exemplar därav.

Bra! då kan jag få del av ingressen, såvida den förtjänar höras?

—Det beror på tycket. Då jag förnam, att herr Richard i afton skulle föredraga sitt manuskript, tog jag med mig ... kuriositetsvis ... min lilla sällsynta bok.

Min Gud, låt höra, herr statsråd! hur detta vidfogade har sig?

Den unga studenten framtog sin bok ur fickan, bläddrade i den med glimmande ögon, slog slutligen upp titelbladet och sade: Får jag läsa högt?

—Ja visst, min bästa vän!

Så här låter den där ingressen, som i andra editionen varit insatt före själva stycket:

Man säger, att ett fint flor hänger framför Europas framtid och hindrar oss att tydligt se de gestalter, som därinnanför vinkar åt oss. Jag tror det. Floret är inte alldeles genomskinligt, på flera ställen hänger dess sköna draperi i litet tjockare veck än på andra: så mycket mindre kan det genomskådas där. Det vore lågt, om vi i så stora ämnen skulle känna nyfikenhet; förmätet, om vi skulle säga oss kunna med visshet uttala vad som lever innanför slöjan i en ännu ofödd tid, och som Gud inte förgäves skymt till hälften; men det är oss nödvändigt, likväl, och människan värdigt, att om den stråt, som vi själva och våra barn har att gå, anar så mycket, som behövs för att träda i den rätta riktningen. Det enskilda, som möter i det kommande, kan och får ingen veta; men det allmänna ... själva stråten varthän ... utvisas oss tydligen. Ty det hemlighetsfulla floret är blott till hälften en avundsjuk och ogenomtränglig duk: den yppar vägen, men döljer partierna vid vägens sida. Dem får vi dock mer och mer skönja, allt efter som vi skynda framåt.

Människan måste ändå en gång lära känna sig själv, det kan inte hjälpas. Ju uppriktigare, ju bättre; jag kan inte tro annat. Vad har då varit gagnet av tusenåriga osanningar? Att samhället vacklar i själva sina grundvalar. Vad har de enskilda skördat för frukt av det oupphörliga hyckleri, vartill de tvungits? Tvungits, säger jag. Jo, frukten har blivit verklig osedlighet med titel av moralitet: och en annan frukt har medföljt, verklig olycka med titel av lycka.

Det är klart, att vad vi här talar om, måste angå de så allmänt i fråga komna tidens problem, eller något av dem. Det är dessa ämnen, som man kan uppskjuta, men inte undvika. Det är en klass av saker, som alla människor tänker på, och som ingen vågar tala om. Samma klass är det, som, ifall och när den kommer till tals, blir mycket illa anskriven, illa utlagd, förkättrad, fördömd; ty den innehåller ett av fröna till mänsklighetens räddning i sedligt avseende; och historien kan endast uppvisa ganska få exempel på att inte människornas lärare, i massa tagna, i alla tider flytt vad som länder till hjälp, avskytt räddningsmedlen, benämnt räddningen själv undergång, och till bistånd däremot uppkallat allt ont, som stått till buds, helgande det genom namn av gott. När en tids arbete oupphörligen går ut på att rädda, hjälpa och förbättra själen, ropar de lika oupphörligen, att tiden är jordiskt stämd: de ser inte, att deras egna för sedlighet gjorda inrättningar för till verkliga laster, eller åtminstone inte hindrar dem. Vi rår inte för, att detta är ett faktum, avsikterna må vara vilka som helst. Vi smädar ingen; vi önskar välsignelse över alla.

Men vad de ämnen angår, som ligger för tidevarvet att komma, så må man gråta om man vill, men hindra dem kan man inte. Mänsklighetens och sedernas småningom skeende räddning kan inte undvikas.

Man kan väl säga, att människorna nu faller ned över de materiella intressena och går att bli allt mer kroppsliga; man kan säga det så länge man inte inser, att det just är själarna, som vår tid i själva verket mest av allt arbetar för. Det är räddningen av det sköna och oskyldiga i grunden av vår ande: det är upplivandet av det i sanning goda, av det idealiskt förhoppningsfulla, som Gud tillåtit, emedan han skapat det: det är frågan, en gång, om försvaret av det enda på jorden, som för människan äger värde, eller bör äga det: om en i årtusenden misskänd himmel. Man kallar intresset härför jordiskt? ligger i detta uttryck någon mening? det är då intresset för, att dock äga någon skymt av himmel på jorden: en skymt, som Gud måste vilja att vi önskar oss, eftersom han själv skapat den. Men denna skymt av himmel har människorna jagat bort ifrån sig, och jagar den ännu så mycket de förmår; ty de anser nödvändigast av allt att göra sig olyckliga i stort. Inte olyckliga i smått; tvärtom utgår nästan alla institutioner på att hjälpa i det lilla, att försäkra oss ägandet av det obetydliga, att göra oss lyckliga i småheter, blott de vinner sitt mål att göra oss lyckan i stort och i det verkliga till en ren omöjlighet. Detta besynnerliga strävande har till sin första orsak något visst aktningsvärt; men till sina följder hotar det att upplösa mänskligheten och att, jämte lyckan, även fördriva all moral. Vad kan det då vara för ett till avsikten aktningsvärt, som till sina följder blir så förfärligt? Jo, genom misskännande av vad *sed* och *lycka* i sig själva, det är, enligt människans sanna natur är, har man trott sig endast kunna alstra grundlig religiositet i oupphörligt sällskap med personlighetens förstörande: det vill säga hos en människa, vars alla former, *såsom individ*, sönderkrossades och upphävdes. Man har trott det sedliga ligga i det blott och bart *allmänna*, vilket man därför kallat det *rena* . Man har inte sett, att av all personlighets *enskildhet* är allenast *det* förkastligt, som är emot skapelsens sanna mening hos den personen, men att allt annat enskilt hos den, långt ifrån att böra förjagas, är själva det ena villkoret för personen att vara vad den bör. Så står man med all sin aktningsvärda välmening vid det resultat, att goda seder inte uppspira på jorden, oaktat krossandet och förkränkandet av det enskilda. Inte heller genom avgrunder av kval nås någon rätt moralitet. Är då vinnandet av ren sed en för människan oupphittelig skatt? Efter vår förmodan måste sedlighetens gåta lösas med detsamma som lyckans gåta. Det är människans högsta problem att finna harmonin mellan verklig, ren sed och verklig, ren lycka i stort. Kan till någon tid eller för något särdeles fall inte bägge förenas, utan endera måste *tills vidare* åsidosättas: då må lyckan fara, sed är angelägnare då: för denna tanke dör vi och blir martyrer. Men att sträva till vinnande av bägges harmoni måste vara samhällets enda stora mål; allt annat är falskt, eller smått; att lida vad som inte behövs för det rätta, är en oriktig martyrdom, feg ibland människor och fördömlig inför Gud. Det kristna samhället får inte längre häfta i de hedniska idéerna om hämnd och yttre offer, som till intet i grunden tjänar och varpå Kristus gjort ett slut: allenast vi följde honom!

Vad vi hittills sagt, borde vidare utföras. Men vi varken kan eller ens önskar ännu, att se avhandlingar över dessa ämnen. Man bedrar sig, om man tror, att vetenskapliga system, som till något skall tjäna, kan skrivas på förhand i allt. Man måste först lära känna människorna själva, se dem i deras vinklar och vrår, lyssna på deras hemligaste suckar, och inte heller förakta att begripa deras glädjetårar. Det är, med få ord, trogna berättelser, tavlor ur livet, som vi behöver: exempel: insamlingar, rön. Vi må göra vilka betraktelser som helst över rönen: vi må fördöma dem, eller vi må anse dem farliga. Men är rönen dock verkliga, så utgör de, oaktat vilken egenhet som helst, just de nödiga förgrunderna, de oundgängliga villkoren för en rätt kännedom om ämnet. Ty man har först då någonting att avhandla, man kan först då säga vad som verkligen blir att ogilla; och vad, åter, bör gillas. Efter sådana grundvalar, lagda på inre erfarenheter om människan, må filosofen komma, för att fullständigt och åt alla sina håll bilda systemet, utveckla, lära och råda. Man torde invända att filosoferna och lagstiftarna följt denna ordning i alla tider; men det är historiskt osant. Några högst få (och de till största delen i äldsta tider) har ur livet självt, såsom källa, hämtat kännedomen om människan, och därefter skrivit. Men filosofer till tusentals har sedan, under kammarstudium och blott genom läsning av vad andra upptecknat, kommit till slutsatser och bildat system, ganska minnesvärda för att begripa filosofernas egna biografi och eremitiska tankegångar, men verkliga plågoris och ett andligt fördärv för mänskligheten, när de lyckats göra sig gällande till verkan i samhället. Vi skall djupt vörda, vi skall i stoftet nedfalla för filosofin, när den en gång blir.

Det manuskript, som jag här går att meddela, innehåller berättelsen om en händelse blott. I denna händelse har naturligtvis inte allt möjligt hänt, som kan höra till ämnets sak; den kan således för ingen del ensam tjäna till grundval för någon avhandling, vilken alltid bör fylla anspråket på fullständig uppfattning av sitt föresätta mål. Men det skulle fägna mig, om denna händelse av läsaren inte anses alltför ringa, och inte människorna, som rönt den, alltför obetydliga. Vad de säger varandra och vad de gör, betyder verkligen, åtminstone i första hand, ingenting annat, än att de säger det åt varandra, och handlar så: däruti just är händelsen ett rön, ett faktum, en tavla ur livet. Att fördöma, eller att gilla detta faktum, tillhör avhandlingen. Huruvida, således, vad de talar och gör äger tillämplighet för någon annan ... det beror på något annat än denna berättelse. Vi träffar här vart tidevarvs Noli-tangere. Seklets blomma är en finkänslig mimosa, vars lättretliga nerver ryser och hastigt sammandrar sig kring blomkronan för varje hand, nog djärv, kall och ohemul, att vilja med själva fingrarna komma åt så kyska blad. Hon älskar att förstås, men inte att beröras.

Härefter följer nu själva berättelsen *"Det går an"*.

111

—Jag tackar, sade herr Hugo, sedan detta var uppläst. Men nu ber jag herr statsrådet, tillade han, öppet säga om "Det går an" verkligen utgör ett "tendensstycke" såsom man från flera håll lär påstå?

Denna fråga måste jag besvara med ett kategoriskt nej, svarade konseljledamoten. Somliga anser det vara ganska berömligt för en komposition att den är tendensmässig; andra håller det, ur artistisk hänsyn, för ett fel. Men i bägge fallen påstår jag, att "Det går an", liksom alla de övriga Furumoiska romanerna och småberättelserna, inte är tendenspjäser.

—Varav kommer då, utbrast herr Hugo, att man ansett flera av dem så, och i synnerhet, efter vad jag hört, "Det går an"?

Det har ingen annan grund än ett misstag, orsakat framför allt därav, att man själv inte syns ha gjort sig rätt reda för vad man menar med "tendens".

—På konstområdet är detta en ganska ingripande fråga. Tendens, om ordet blott och bart förstås som "riktning", måste otvivelaktigt allting i världen ha; men om det talas inte i konstnärlig mening.

Nej, visst inte. När reflexioner, maximer, doktriner i ett stycke förekommer, utan att uttalas av styckets egna handlande personer; eller, om det väl görs av någon bland dem, men reflexionerna är av den art till innehåll och ton, att de inte kan tillhöra den persons karaktär, som yttrar dem; eller, om de även ingår i individens karaktär, men inte är fullt motiverade av situationen och tillfället, då de yttras (det vill säga, att individen inte har någon anledning eller skäl att då yttra dem); i alla dessa fall har lärdomarna, så goda de i och för sig må vara, dock blivit oartistiskt inskjutna i stycket och bildar vad man i dålig mening kallar tendensväsende. De står där då endast, såsom man uttrycker sig, för författarens eller, kanske rättare sagt, för lärosatsernas räkning såsom sådana; vilket inte är på sin plats, emedan dylikt tillhör vetenskapen, men inte konsten. De nyssnämnda fallen inträffar inte i "Det går an"; ty de däri förekommande maximerna uttalas av en bland styckets handlande personer, Sara; de överensstämmer fullt med hennes karaktär, och har helt och hållet sitt motiv i situationen eller händelsen; hon har, nämligen, fullkomlig anledning och skäl att yttra dem då hon gör det. Lärdomarna ligger således inte utanför stycket, är inte inskjutna däri, utgör inte parasittillsatser. De visar sig, tvärtom, vara styckets konstnärliga tillhörigheter, och står där inte för berättarens eller lärdomarnas egen räkning, utan såsom ingredienser av skildringen, nämligen här av den i stycket uppträdande och handlande personens själstillstånd eller sätt att tänka. Därmed förnekas för ingen del, att inte maximer och tankar i ett stycke tillika kan sammanfalla med berättarens egna, eller hålla gott stånd även på vetenskapens område (det vore alltför besynnerligt om inte någon gång en eller annan av ett styckes personer också skulle kunna komma att i något tänka lika med berättaren själv; eller om de alla skulle vara så narraktiga, att inget av vad de säger kunde slå in med vetenskapens fordringar och med äkta sanning); men saken är allenast den, att lärosatser och reflexioner, som förekommer i ett *artistiskt stycke*, där inte är till för själva lärdomarna eller det i dem innehållna sannas skull, utan för personskildringen och händelsemålningen. Däremot i en avhandling, det är: i ett *vetenskapligt stycke*, står allt det reflexiva och läromässiga just för sin egen räkning, ty här utgör satsframställning och systemskildring saken.

—Jag begriper nog, inföll herr Hugo, att detta måste utgöra en av huvudskillnaderna mellan konst och vetenskap, samt att den förra inte kan ha tendensväsende i sig. Tendens i god eller enkel mening (blott såsom "riktning") måste naturligtvis alla, även artistiska, stycken äga; till exempel: Iliaden har den tendensen att visa grekernas krig med trojanerna ända till Hektors fall; Aeneiden har till tendens, att omtala hur Aeneas kom till Italien och bosatte sig med sitt folk i Latium; Gerusalemme Liberata har den tendensen, att besjunga Jerusalems intagande; Henriaden ... men vad nämner jag? Allt sådant menar ingen människa, som talar om tendensmässighet i ett konstverk, ty det angår rätt och slätt blott den omständigheten att verket har någonting till "ämne", vilket måste vara både oskyldigt och oundgängligt.

Tendensväsende, så fort detta är något man talar om såsom en särskild egenskap, måste således, fortfor den andre, alltid i ett konststycke innefatta fel, vara en parasitisk utväxt. När man hör folk berömma romaner, dramer eller lyriska pjäser för sådant, kommer det endast av missförstånd eller grumligt begrepp om saken.

—Men herr statsråd! ... inföll hovmarskalken och lutade smått sorgligt på sitt vackra huvud ... förnekas kan dock inte, att poetiska eller, såsom vi säger här, artistiska stycken även kan vara ganska lärorika. Känner man inte en innerlig själens glädje när så inträffar?

Utan tvivel.

—Kan man inte fägnas åt goda maximer, ur vilken mun och i vad form som helst de låter höra sig?

Gudbevars.

—Utövar inte berättelser och poesi över huvud en stor makt på allmänheten? Romanlitteraturen, där den går i tidevarvets bana, i de nya idéernas ande och till framåtskridandets tjänst, förbereder till en stor del känslorna och tänkesätten hos det uppväxande släktet. Detta befinner sig, genom något som skulle kunna kallas opinionernas strömsättning, innan man vet ordet av på en helt annan plats inom civilisationen, än man väntat och fädren föreställt sig. Det är till och med inte sällan fallet, att läsningen av romaner, i synnerhet de betydelsefullare, medfört undransvärda förändringar hos själva de gamla: många av dessa känner en mängd av sina fördomar och äldre föreställningssätt ramla överända: de hänrycks och blir unga för andra gången, såsom det har hänt mig själv.

Onekligen.

—Om vilken skillnad talar vi då, herr statsråd? Goda lärdomar är ju alltid goda lärdomar?

De är så, svarade han. Satser och maximer kan alltid vara lärorika, antingen de står i konststycken eller i vetenskapsstycken; skillnaden ligger blott i att de i förra fallet utgör en del av person- och händelseteckningen, men i det senare ingår i teckningen av ett tankesystem.

—Hm. Jag begriper.

Däri bestod deras olikhet. Men lika är de i, att i bägge fallen kunna verka mäktigt och lärorikt.

—Nå, än tendensromanen?

Den kan visserligen också verka något, det förstås; men liksom den är sämre till sitt slag, emedan den varken utgör ren konst eller ren vetenskap, så är den även till makten vida mindre. För tillfället kan visserligen en med talang skriven tendensroman göra intryck; och den lever stort för stunden. Ett äkta artistiskt stycke har dock egenskapen att aldrig dö.

—I sanning, min herre ...

Men den livlige studenten lät inte hindra sig från sin utveckling, vari han inte bara fortgick, utan till och med litet repeterade sig. Vanligen, sade han, tror man att det blott är tendensromanen man har att tacka för det slags inflytelse på samhällets opinioner och den ombildning, varom här talas; emedan det man kallar "tendens" ligger i en hop inströdda satser, läror och maximer, vilka läsaren sålunda bekommer till sin undervisning och handledning. Häri döljer sig likväl ett stort misstag. Romanen betyder vida mer, då den är äkta artistisk, det vill säga, då den är fri från alla utväxter och parasitskott av reflexioner, nämligen sådana, som inte hör till konstverket själv, utan står insatta där såsom författarens särskilda tankar för egen räkning; varjämte personerna och handlingarna själva endast förekommer som en art språkrör åt författaren, ett slags mannekänger, uppställda i diverse positioner för att härigenom inprägla den och den vissa

115

sanningen hos läsaren. Dylikt är på konstens område främmande och förfelat, oaktat man villigt må erkänna välmeningen och allt det instruktiva, som härmed avses. Tendensväsendets ofog består i att vilja predika med konstens mun. Skall man då inte få inhämta några lärdomar av ett arbete, därför att det är ett konstverk? frågas; och varför får inte också ett sådant vara instruktivt? Svaret är, att man utan tvivel därav skall lära sig ... och lära sig mycket! Men inte på ett sätt lånat från vetenskapen, och endast *där* gott. Lärdomarna blir förvirrade och ofta falska, då satserna, varmed de låter höra sig, obehörigt inblandas i en konstproduktion, i stället för att i sann logikalisk form bibringas, vilket sker när vetenskapen själv, som sådan, i och ur ett system föredrar lärosatserna. Men ... frågas ytterligare ... på vad sätt kan då konsten, ren och riktigt, vara instruktiv? På samma sätt ... svaras ... som händelser och personliga karaktärer ute i den verkliga världen kan vara ganska lärorika att betrakta, höra och inhämta, utan några dem åsatta papperslappar, med påskrivna slutsatser, omdömen, sensmoraler, maximer, reflexioner. Och ... för att gå ännu ett steg ... månne inte alla dessa personer, av kött och blod, månne inte alla dessa betraktade händelser gör ett så mycket djupare intryck just därför att dylika parasitlappar inte sitter fästade på dem? Månne de inte är innehållsrika och instruktiva? Utan tvivel! Så, men inte annorlunda, kan och bör även ett konstverk vara undervisande, när det är äkta och riktigt. Så snart det är fråga om reflexionens sanning i och för sig, så står saken på vetenskapens område; och skälet, varför det är så angeläget att inte sammanblanda vetenskapens med konstens framställningar, ligger just däri, att satsens sanning, för att utfinnas, måste ses och prövas i sitt sammanhang med systemet i övrigt, vilket inte kan ske utan inom vetenskapen själv. På denna stora och till sina följder både för konst och vetenskap viktiga åtskillnad syns författarna i allmänhet inte göra tillbörligt avseende. Det ser till och med ut som om de, vid bildande av sina poemer, dramer, romaner osv, inte en gång alltid förstått eller vetat av den; och därav händer, att deras personer inte sällan saknar kött och blod (inte är individer, utan blott *typer* ... loci communes-människor), och att deras händelser inte heller har rätt liv; enär bäggedera endast framstår som dimbilder, som bleka skuggor av reflexioner, egentligen hemma i ett helt annat land, nämligen vetenskapens. Den after-konst, som man kallar tendenspoesi (vare sig i romanväg, dramatik eller lyrik) har hela sin grund i misstaget, att inte lämna nog uppmärksamhet åt den här omtalade åtskillnaden. Författaren eller författarinnan vill nödvändigt instruera. Förträffligt! Men varför skriver då inte han eller hon en avhandling i ämnet? Då vore saken på sin rätta plats. Jo, svarar de, emedan avhandlingar läsas av ingen, men romaner av många; och då vi gärna vill tjäna allmänheten med undervisning, så väljer vi helst den framställningsform, som mest slår an och bäst går i folk. Detta innebär ett nytt misstag. Goda avhandlingar läser man mycket hellre och mera, än dåliga romaner; och, vad förnämst är, man har vida mera andligt gagn av dem.

—Gott, sade herr Hugo, såg sig omkring med en fryntlig blick och steg upp. Han tog konseljledamotens hand, tryckte den varmt och förklarade aftonen avslutad.

Sedan han kysst sin syster och sina barn, ämnade han avlägsna sig ur salongen och slå några slag i trädgården innan han trädde till sängs. Men då fick han vid själva dörren öga på Richard Furumo.

—Hör! utbrast han, jag har ett ord till dig innan vi skils i kväll. Du skall ha tack för vad du berättat i dag. Men nu ber jag dig, att nästa gång vi råkas till skaldeafton låta oss få del av ännu ett annat förutbekant stycke, varav jag själv hittills också endast känner några fragment genom ett och annat namn i våra Songes; och som jag önskar både höra och äga fullständigt i min Jaktslottsedition. Sedan det blivit avslutat, skall du åter komma hit med allenast nya saker: Purpurgrevar, Silkesharar och sådant, varefter jag ... det bekänner jag ... känner den största längtan.

Vad önskar min herre då nu för ett stycke förut?

—Jag är inte rätt säker på namnet, svarade herr Hugo, men jag har hört därom i vad jag tror den där "Sansade kritiken" kallade de Dödas sagor?

Aha, inföll Richard. Det är frågan om *Murnis* -böckerna?

—Ganska möjligt att de heter så.

Ämnet där, fortfor den andre, rör till en del de antika gallerna; men för det mesta sker händelserna i andevärlden.

—I andevärlden? Ja just. Jag har förnummit, redan i Songes, att så skall vara. Vad tycker du, Eleonora? Frans, Aurora ... i andevärlden, mina barn!

Farväl, farväl tills vi råkas!

SLUT

www.ingramcontent.com/pod-product-compliance
Lightning Source LLC
Chambersburg PA
CBHW020318130626
46549CB00003B/916